어제의 후에

이계의 후예 4

글쓰는기계 장편소설

초판 1쇄 찍은 날 | 2017년 4월 12일
초판 1쇄 펴낸 날 | 2017년 4월 19일

지은이 | 글쓰는기계
펴낸이 | 예경원

기획 | 위시북스
편집책임 | 박우진
편집 | 이즈플러스

펴낸곳 | 예원북스
등록번호 | 제396-2012-000132호
등록일자 | 2012. 7. 25
KFN | 제1-093호

주소 | 경기도 고양시 일산동구 호수로 646-24 위너스21 II 빌딩 206A호 (우)10401
전화 | 031-819-9431 팩스 | 031-817-9432
E-mail | yewonbooks@naver.com

ISBN 979-11-6098-186-5 04810
979-11-6098-087-5 (set)

※ 이 도서의 국립중앙도서관 출판시도서목록(CIP)은 서지정보유통지원시스템 홈페이지(http://seoji.nl.go.kr)와 국가자료공동목록시스템(http://www.nl.go.kr/kolisnet)에서 이용하실 수 있습니다.

WISHBOOKS MODERN FANTASY STORY

글쓰는기계 장편소설

이계의 군주

4

Wish Books

어제의 후예

CONTENTS

21장
암석 거인 사냥(2)

휴식 이후로 엉클 조 컴퍼니 대원들은 계속해서 에우터프 지역을 돌아다녔다.

이제 그들도 느린 탐사 속도에 어느 정도 적응을 한 상태였다.

“절경이네. 절경.”

“캘커타에서는 경치 구경할 틈도 없었는데……. 다들 이래서 에우터프 지역으로 가는 건가?”

지구의 오지를 돌아다녀 본 탐험가들도 카메론 행성의 자연을 보면 그 규모에 입을 다물지 못했다. 대원들이 에우터프의 산악 지대에 감탄하는 것도 어찌 보면 당연한 일이었다.

그랜드 캐니언을 연상시키는, 가파르고 깊게 깎인 골짜기

와 계곡들. 또 그 위로 끝이 보이지 않을 정도로 나 있는 산맥들.

대원들은 단순히 그 절경에 감탄했지만, 수현은 다른 생각을 하고 있었다.

'이런 거대한 지역을 암석 거인 하나 때문에 내버려 두고 있었다니. 트라우마가 크긴 컸나 보군.'

과거에서도 그랬듯이, 암석 거인이 처치되고 나면 이 산악지대에도 개발의 바람이 불 것이다. 암석 거인 때문에 기업들이 들어가는 걸 꺼려 할 뿐, 다른 조건은 모두 완벽한 곳이었으니까.

'돌아가기 전에 몇 군데 체크만 해두자.'

아쉽게도 이 주변의 상세한 개발 지도는 기억하지 못했지만, 그래도 유명한 채굴지 몇 군데는 대략적으로 기억이 났다. 위치를 확인하면 그 이후 돌아와서 선점할 수 있었다.

'돈이 부족하지는 않지만…….'

이제까지 수현이 성공한 것으로 얻어낸 수당과 앞으로 받을 정부의 지원까지 생각해 본다면 돈으로 곤란한 일은 거의 없을 것이다.

그렇지만 언제나 돈은 많으면 많을수록 좋다.

"응? 왜 날 봐?"

"아무것도 아니야. 슬슬 다시 출발하자고."

샤이나의 질문에 대답을 돌리고, 수현은 다시 파워 아머에 올라탔다.

"협곡 아래로는 안 내려갑니까?"

"굳이 사서 위험을 겪을 필요는 없으니까. 그렇게 하지 않아도 놈을 발견할 수 있다."

수현은 처음부터 산악 지대 외곽에서 암석 거인을 만날 확률은 희박하다고 생각하고 있었다. 그럴 경우에는 일반적으로 싸울 생각이었지만, 만약 그러지 못하고 더 안으로 들어가게 된다면 지형을 최대한 이용할 생각이었다.

대원들이 감탄하고 있듯이, 에우터프의 산악 지대는 높이차가 크고 가파른 지형이 반복되는 곳이었다. 이런 곳에서라면 굳이 아래로 내려갈 이유가 없었다. 위를 선점한 상태에서 암석 거인을 찾아낸다. 그것이 수현의 생각이었다.

협곡 위에서 밑에 있는 암석 거인을 발견하게 된다면, 일은 정말로 쉬워질 것이다. 비교적 둔한 놈이 위를 공격하기 위해 시간을 쓰는 동안 수현은 바로 뒤로 돌아갈 수 있었다.

"풍경이 정말……."

"잠깐, 볼일 좀 보고 오겠습니다."

"……이 자식이."

지형에 감탄하던 박수용은 김창식이 분위기를 끊어버리자 그를 노려보았다.

"갔다 오도록."

김창식은 태평한 걸음걸이로 절벽 앞에 섰다. 고소공포증이 있는 사람이라면 질색을 했겠지만, 김창식에게 이 정도는 별거 아니었다.

'캘커타에 비하면 천국이다, 천국.'

워낙 우거지고 시야가 좁은 곳이라 볼일을 볼 때도 주변을 두리번거리며 긴장을 놓을 수가 없었다. 그에 비해 지금은 드넓은 대자연이 앞에 있지 않은가. 느닷없이 호연지기가 가슴에 차오르는 걸 느끼며, 김창식은 벨트를 풀었다.

그리고 이어지는 물소리. 아래를 내려다보던 김창식은 밑에 조성된 작은 수풀을 보고 무의식적으로 물줄기의 방향을 돌렸다. 협곡에 풀이 아예 없는 건 아니었지만, 그래도 대부분은 풀 한 포기 없이 메마른 곳이었기에 바로 밑의 수풀은 눈에 띄었었던 것이다.

"으, 시원하다……."

김창식은 몸을 부르르 떨면서 돌아섰다. 갑자기 가기 전에 한 번 더 풍경을 보고 싶다는 생각이 떠올랐다.

"어……?"

그러나 고개를 돌린 김창식의 눈에 들어온 건 절경이 아니었다. 그의 눈에 들어온 건, 갑자기 위로 올라오는 수풀이었다.

"아, 암, 암석 거인이다!!"

"……?!"

김창식의 외침을 듣자마자 수현은 원견을 사용했다.

'등잔 밑이 어둡다더니. 밑에 있었나?'

수현이 정찰하는 방식은 먼저 드론을 사용해 주변을 관찰한 후, 비교적 덩치가 있는 암석 덩어리에 물을 뿌려서 확인하는 방식이었다.

수현이 편집증적인 수준으로 확인을 하고 움직였지만, 그렇다고 해서 보이는 모든 곳에 물을 뿌리고 이동하는 건 아니었다. 가장 우선적으로 이동 경로에 있는 걸 확인하고, 그 다음에 이동 경로로 다가올 수 있는 곳에 있는 것들을 확인했다. 올라오는 데 시간이 걸리는 협곡 밑은 순위 밖이었다.

암석 거인은 그 방식에 있는 허점을 아주 기막히게 찔렀다. 등, 어깨, 머리를 포함한 상반신 위에 덥수룩하게 식물을 키워놓은 것이다.

협곡 위에서 간단하게 확인했을 때에는 그저 적당한 수풀로만 보였다. 이동 경로에도 있지 않은데 이런 곳에 일일이 물을 뿌리지는 않았다.

김창식은 욕설과 함께 능력을 사용할 준비를 했다. 왠지 모르게 암석 거인의 눈빛이 그를 살벌하게 노려보는 것 같았다. 인간에게 호의적인 몬스터가 드물지만. 이번 암석 거인의 경우에는 뭔가 더 기분이 나쁜 것 같은 느낌이 들었다.

'물을 뿌려서인지, 오줌을 뿌려서인지는 모르겠지만……!'

"에라!"

수현이 말한 긴급 상황, 다른 동료들은 가까운 곳에 있긴 하지만 일단 지금은 이놈을 뒤로 물러서게 만들어야 했다.

화르륵!

거대한 화염이 허공을 덮어버리자, 몸을 일으켜 절벽을 기어오르려 하던 암석 거인이 움찔하며 물러섰다. 그리고 그 잠깐의 시간이 상황을 바꾸었다.

"뒤로 물러서라."

"팀장님……!"

수현의 냉정한 목소리가 마치 구원의 밧줄처럼 느껴졌다.

"잘했다. 김창식. 덕분에 일이 더 빨리 끝나겠군."

여기서 찾지 못하고 넘어갔다면 몇 주일, 아니, 몇 달까지도 일이 연장될 수 있었다. 그런 면에서 본다면 김창식이 한 행동은 정말로 행운이었다. 당사자는 기겁해서 부정하겠지만.

"공격합니까?"

"그래. 놈의 신경을 거슬리게 만들어주자고. 덩치가 크다지만 어차피 불리한 곳에 있는 놈. 바로 점프해서 올라올 수도 없고, 기껏해야 바위나 던질 거다. 눈먼 바위에 맞지 않도록 주의하도록."

"예!"

수현은 이소희에게 눈빛으로 신호를 보냈다. 이런 상황에서 암석 거인의 신경을 가장 거슬리게 만들어줄 수 있는 건 역시 파워 아머였다.

양팔에 내장되어 있는, 대몬스터용 철갑탄을 장전한 중기관총.

거기에 추가로 탑재한 인페르노 미사일. 암석 거인에게 유효타를 주기는 힘들어도 신경을 거스르는 데에는 제격인 무기들이었다.

굉음과 함께, 암석 거인의 몸 위로 총탄이 미친 듯이 꽂히기 시작했다. 두 파워 아머는 기민하게 기동하며 암석 거인의 신경을 거슬리게 만들었다.

"너무 접근하지 말도록. 조금 더 가까이 들어간다고 데미지가 들어가지는 않으니."

암석 거인의 움직임은 파워 아머를 탄 상태라면 충분히 피해낼 수 있었지만, 수현은 기본적으로 이소희가 탄 파워 아머를 신뢰하지 않았다.

쾅! 쾅!

절벽을 기어오르려다가 방해를 당하자 성질이 오른 듯, 암석 거인은 바위를 집어서 던지기 시작했다. 그러나 이미 대원들은 대비를 마친 상태였다. 바위는 허무하게 빈 곳을 때렸다.

'좋아. 여기까지는 완벽하다.'

교활해 봤자 몬스터. 열이 오르면 바닥이 드러나게 되어 있었다. 암석 거인은 바위를 던져서는 그들을 잡을 수 없다는 걸 깨달았는지 절벽을 다시 기어오르려고 했다. 공격이 들어와 봤자 견딜 수 있으니 성가시더라도 맞아주며 올라가려는 것이다.

"미사일, 연막 전부 작동시켜라. 어차피 여기서 아니면 쓸 일도 없으니까. 김창식. 샤이나. 초능력 둘 다 발동시켜."

미사일 하나하나가 다 돈이었지만, 어차피 정부의 지원으로 하고 있는 일이었다. 지시와 함께 수현은 혼동의 반지를 작동시켰다. 힘과 함께 암석 거인에게 무언가 보내지는 느낌이 들었다.

연달아서 몸통에 작렬한 후 폭발하는 미사일과 허공을 뒤덮어서 시야를 가리는 화염. 거기에 꽂히는 번개까지. 혼동에 걸린 상태에서 당하면 바로 상황 판단을 할 수 없었다.

이제 수현이 일을 할 시간이었다.

수현은 아티팩트, 암석창을 작동시켰다. 단단한 대지에서 굵고 뾰족한 원뿔형 창이 만들어졌다. 이대로 쏘아낼 수도 있었지만, 수현은 파워 아머의 옆구리에 창을 고정시켰다.

쾅!

수현이 탄 파워 아머가 공중으로 떠올랐다. 위로 부스터를 작동시켜서 떠오른 것이다. 아래를 내려다보니 암석 거인이 가파른 절벽을 절반쯤 기어 올라오고 있었다.

'그렇게 맞고서도 흠집 하나 안 가니…….'

경악스러울 정도의 맷집이었다. 저렇게 내버려 두면 놈은 결국 협곡 위로 올라갈 것이고, 대참사가 벌어질 것이다. 그 전에 끝을 내야 했다.

이제까지의 공격은 모두 놈의 시선을 묶어두기 위한 것. 허공에서 정점을 찍은 후 놈의 뒤로 낙하하면서 수현은 염동력을 창에 실었다.

'더, 더, 더…….'

컵에 물을 계속해서 붓는 느낌으로, 염동력을 불어넣자 창이 위험할 정도로 진동했다.

수현은 처음부터 암석 거인을 그렇게 위험하게 여기지 않았었다. 수현처럼 놈의 방어를 뚫을 강력한 초능력을 가진 사람에게 암석 거인처럼 둔한 놈은 손쉬운 먹잇감에 불과했다. 오히려 캘커타 고릴라처럼 민첩하고 동작이 불규칙한 놈이 까다로웠다.

'잘 가라.'

절묘하게 놈의 등으로 낙하. 수현은 부스터를 작동시켜 창으로 놈의 약점을 찌르려고 했다. 대원들이 보기에는 염동력이 아닌 파워 아머의 추진력으로 보일 것이다. 수현은 마지막으로 염동력을 폭발적으로 증폭시켰다.

그 순간, 수현의 품속에 있는 구슬이 요동쳤다.

"……?!"

콰지직!

절벽을 기어오르던 암석 거인은 소리 없는 비명을 지르며 주먹을 움켜쥐었다. 어지간한 공격은 맞고서도 미동도 안 하던 놈이 보이는 반응이라고는 상상도 할 수 없는 반응이었다.

'빌어먹을.'

그러나 수현은 이를 악물었다. 일이 틀어진 것이다. 정확하게 약점을 찔러서 일격에 보내려고 했는데, 갑자기 구슬이 요동치며 염동력의 방향이 흔들렸다. 덕분에 창끝까지 방향이 틀어져 버렸다.

놈은 급소를 살짝 비켜 맞은 상태. 이러면 일격에 죽지 않는다. 그리고 지금 수현은 창을 찌르기 위해 놈의 뒤에 밀착한 상태였다.

암석 거인은 분노해서 팔을 휘둘렀다. 피하기에는 너무 깊

숙이 들어온 상황.

콰직!

수현은 마지막 순간에 파워 아머를 틀어 공격을 흘려 맞았다. 다른 파일럿들이 봤다면 감탄을 했을 조종 솜씨였다.

그러나 다친 몬스터의 분노는 무서웠다. 그 단단한 파워 아머의 장갑이 그대로 찢겨나갔다.

'막을 걸 그랬나?'

염동력으로 막을 수는 있었다. 그렇지만 위에 보는 눈이 있었다. 암석 거인의 공격을 맞았는데 파워 아머가 멀쩡하면 그게 더 이상한 일이었다.

게다가 싸움은 아직 끝나지 않았다. 수현은 초능력의 소모를 최대한 줄이고 싶었다.

'집중하자.'

거의 끝난 일이었지만, 그렇다고 방심해서는 안 됐다.

'한 대만 더 넣으면 된다.'

상부 장갑이 박살이 나서 우측 팔의 무장과 탑재된 기타 무장, 그리고 파일럿을 보호하는 콕핏 창이 날아가 버렸지만, 기동성은 멀쩡했다.

수현은 바로 아티팩트를 작동시켜 창을 하나 더 만들기 시작했다. 암석 거인을 죽여도 그냥 죽이는 게 아니라, 어떻게 죽였는지 보고를 해야 했기 때문이었다.

'젠장. 한시라도 빨리 마법사인 걸 드러내야지……. 불편해 죽겠군.'

창이 만들어지고, 수현은 좌측 팔에 창을 낀 후 거리를 벌렸다. 방금까지 그가 있던 자리에 암석 거인이 휘두른 주먹이 꽂혔다.

"괜찮으십니까?!"

연막이 걷히고 그제야 상황을 파악한 이소희의 비명 같은 목소리가 들려왔다. 현재 수현의 파워 아머는 거의 반파나 마찬가지였던 것이다.

"통신 기능은 멀쩡하군."

"지금 지원 가겠습니다!"

"아니, 혼자서 처리할 수 있다."

주먹을 위로 느릿하게 들어서, 체중과 힘을 실어 빠르게 내리친다. 위력적이지만 요령만 있다면 쉽게 피할 수 있었다.

몇 번 공격을 피하고 나자, 암석 거인은 눈을 뒤룩뒤룩 굴리기 시작했다. 수현을 맞출 수 없다는 걸 깨달은 것이다.

'흐음…….'

갑자기 미묘한 교착 상태에 빠졌다. 등을 호되게 당한 암석 거인은 절벽에 등을 붙이고 절대로 약점을 보여주지 않으려고 들었다. 수현도 마찬가지였다. 염동력으로 놈을 넘어뜨리거나 균형을 흔들면 되긴 하지만, 그건 너무 노골적이었다.

교착 상태를 깬 건 암석 거인이었다. 수현의 파워 아머도 박살이 나있었지만, 암석 거인은 급소를 강하게 찔린 상태였다. 시간이 지나면 불리한 건 그였다.

"……?!"

암석 거인은 입에서 무언가를 토해내더니, 그걸 꺼내 집어 던졌다. 수현은 슬슬 의심이 들었다. 그가 본 정보는 미국 측에서 나온 정보.

'혹시 몇 가지를 의도적으로 빼놓은 건 아니겠지?'

퍽!

암석 거인이 집어 던진 건 덩굴 덩어리였고, 그 안에서 우글거리고 있는 건 독충과 독사였다. 지금 콕핏 창이 깨져서 사람이 그대로 드러나 있는 수현에게는 치명적인 공격이 될 것이었다.

……염동력이 없었다면.

"정말로 별짓을 다하는군. 지능이 높은 몬스터라는 건……."

사냥에 쓰기 위해서 몸 위에서 기르고 있었던 건가?

날아오는 것들은 상관하지 않고, 수현은 오히려 접근했다. 던지는 바람에 생긴 놈의 빈틈. 파워 아머로 접근해서 밀어버릴 생각이었다.

드러난 틈으로 던져진 독충과 독사들은 닿지도 못하고 떨어져 나갔다. 그걸 본 암석 거인은 경악했다. 마치 드러난 곳에 투명한 막이라도 있는 것 같았다.

"?!?!"

위에서 어떻게 해야 하나 노심초사하고 있던 대원들은 놀라운 광경을 보게 되었다.

'파워 아머로 유술을?!'

파워 아머로 근접전을 하는 것 자체는 놀랍지 않았다. 뛰어난 파일럿들은 파워 아머의 성능을 최대한 활용해서 몬스터와 근접전을 벌일 수 있었다. 그러나 수현의 파워 아머는 한쪽 팔이 날아간 상태였고, 게다가 지금 그가 시도하는 건 타격기가 아닌 관절기였다.

수현은 암석 거인이 보인 빈틈을 놓치지 않았다. 놈이 다시 자세를 수습하려고 했을 때는 이미 거리를 좁힌 상태였다. 암석 거인이 휘두르는 공격을 가볍게 피하고, 자세를 최대한 낮춰서 그대로 아래로 태클했다.

쿠당탕-

요란한 소리가 들렸다. 붙은 순간 수현이 염동력으로 놈을 무너뜨린 것이다.

'이 정도까지는 괜찮고…….'

염동력은 초능력 중에서 비교적 겉모습이 덜 화려한 편이었다. 몬스터가 휘두른 주먹이 대놓고 허공에서 멈추는 건 위험했지만, 이렇게 근접한 상황에서 놈을 무너뜨리는 건 핑계를 댈 게 많았다.

"제법 귀찮았다. 잘 가라."

넘어진 놈의 등을 밟고서, 수현은 창을 들어 올렸다.

콰직!

"몸 상태부터 체크하겠습니다. 어디 직접적으로 맞으시거나……."

"내가 치유 능력자인 건 잊었나? 다쳤더라도 벌써 치유했겠지. 그보다 놈 시체나 처리해. 최대한 빨리 돌아간다."

무식하게 시체를 들고 갈 생각은 없었다. 놈의 시체는 잘 썩지도 않으니, 비바람 정도만 막아주는 곳에 보관해 두고 돌아갈 생각이었다. 암석 거인을 잡았다는 사실은 영상과 사진으로 충분히 증명이 됐다.

"파워 아머가 완전히 찢어졌는데요."

"괜찮아. 우리 돈 아니니까."

"……."

정부의 일을 하기 위해 빌린 물건이었기에 파손되어도 돈을 내지는 않았다. 이 정도 편의도 제공하지 못한다면 아무도 정부와 일을 하지 않을 것이다.

"기동은 가능하니 그대로 타고 갈 수 있어. 아. 그쪽으로 접근하지 마라!"

"예?"

"잊을 뻔했군. 저것부터 챙기자."

수현은 진공 팩을 들고서 걸어갔다. 대원들을 물리고 가까이 다가가자 아까 그가 염동력으로 후려친 독충과 독사들이 땅에 떨어져 있는 것들이 보였다.

'몬스터 주제에 다양하게도 모았군.'

수현은 하나하나 주워 담기 시작했다. 암석 거인이 몸속에서 길렀다는 것 자체는 신기했지만, 그건 과학자들이 좋아할 만한 사실이었지 수현에게는 별 의미가 없었다. 수현이 이걸 챙기는 건 독 때문이었다.

[독공(毒功)]

아바이람의 독:0/1

호메프의 독:0/1

블라드솔람의 독:0/1

…….

'이걸 언제 다 모으냐.'

조건이 까다롭했지만, 그래도 손 놓고 있을 수는 없었다. 하나씩 모아가야 했다. 수현은 이번 일이 끝나는 대로 암시장에도 들릴 생각이었다. 우연히 서강석을 만난 게 수현에게 좋은 자극이 되었다.

'내가 요즘 너무 회사에만 집중하고 있었어. 결국 가장 중요한 건 내 힘이다.'

서강석뿐만 아니라 독을 다루는 놈들은 많고 많았다. 독의 무서운 점은 먼저 선공을 당하면 어떤 강력한 초능력자도 무너질 수밖에 없다는 것. 여유를 부리지 말고 최대한 빨리 익혔어야 했다.

"으. 그거 뭡니까?"

"왜. 조금 줄까?"

"뱀술이라도 담그실 겁니까? 아저씨도 아니면서……."

"모르는 소리 하지 마. 저것도 다 돈이 되는 거라고."

수현이 독충과 독사를 담아서 옮기는 걸 본 대원들이 질린 표정을 짓자, 샤이나가 그들을 힐난했다.

"어? 그래?"

"저런 게 얼마나 비싸게 팔리는데……. 이상한 거 주워서 구워 먹을 생각하지 말고 저런 걸 챙겨야지. 팀장에 비해 너무 안일한 거 아냐?"

"그만해라. 내 팀원이다."

수현의 말에 샤이나는 입을 다물었지만 대원들은 모두 부끄럽다는 듯이 고개를 숙였다.

“지금 당장 전력으로 일해주기를 바라는 건 아니다. 물론 그러면 편하겠지. 하지만 김창식을 보면 알겠지만, 대원과 같이 일하는 건 결국 미래를 보고 투자하는 성격도 있다. 그러니 괜히 쓸모없다는 자책은 하지 말라고. 방해만 되니까.”

“예!”

“그나저나 샤이나. 이제 슬슬 케시카를 찾아야 할 것 같은데…….”

수현은 샤이나를 따로 불러서 작게 속삭였다.

“아, 그거? 잠깐만. 확인하는 걸 잊었었네.”

“……?”

“저 암석 거인, 위에 풀을 기르고 있었잖아. 아까 케시카처럼 생긴 걸 봤었거든.”

“설마 그렇게 일이 쉽게 풀릴까…….”

수현은 반신반의하는 기분으로 샤이나와 같이 걸어갔다.

“미안. 내가 말이 좀 심했지?

“무슨 소리지?”

“아까 팀원들한테……. 미안해. 내가 할 소리는 아니었어.”

“됐어. 심한 말도 아니었고. 기강 잡을 필요는 있었으니까. 그렇지만 앞으로는 네가 하지 마. 여러 명이 하면 분위기가 이상해지니까."

"응. 알고 있어."

샤이나는 말과 동시에 암석 거인의 어깨 위로 뛰어올랐다. 그리고 뒤적거리기 시작했다.

"어때?"

"있어!"

"뭐?! 정말?!"

샤이나가 한 손에 풀을 움켜쥐고 나오는 걸 보자 수현은 정말 놀랐다. 놈을 찾느라 고생한 것에 대한 보상인지, 일이 쉽게 풀려가고 있었던 것이다.

"잘했어."

"보너스는……."

"물론 줘야지."

수현은 뜨거운 눈빛으로 강인규를 쳐다보았다. 한시라도 빨리 실험을 해보고 싶어서 손이 근질거렸다.

"눈빛이 무서운데."

"착각이겠지. 자. 정리 끝냈으면 이동한다! 여기 계속 있어 봤자 좋을 건 없으니까."

수현은 떠나기 전에 한 번 주변을 둘러보았다. 에우터프 산악 지대의 진입을 막고 있던 건 암석 거인이었다. 이제 놈도 죽고, 놈의 공략법도 알려질 테니 산악 지대는 더 이상 미답지로 남아 있지 않을 것이다.

'온갖 놈들이 다 들어오겠군.'

전체적으로 모든 일이, 수현의 과거 때보다 더 빨리 일어나고 있는 편이었다. 그런 면에서 수현은 살짝 불안했다. 아직까지는 크게 틀어진 게 없었지만, 미래가 크게 틀어져 버리면 그가 갖고 있는 무기 중 하나가 사라져 버리는 게 아닌가.

'아직은 그럴 걱정을 할 때가 아니지만.'

지금은 일단 암석 거인에 대한 보고와, 그걸로 정부에게 인정을 받아야 하는 게 우선이었다.

강력한 대형 몬스터 사냥, 거기에 추가로 몇몇 자원 지역 확인까지. 강행군이었지만 돌아오는 이들의 발걸음은 가벼웠다. 장비가 조금 손실된 것 말고는 아무런 피해도 없었기 때문이었다.

"잠깐 정지. 휴식한다."

"벌써요? 게다가 거의 다 왔는데……."

"다 끝났다 싶을 때일수록 조심해야지."

"???"

"쉬고 있도록. 잠깐 확인 좀 하고 온다."

수현이 결정을 내린 상황에서 토를 다는 이들은 없었다.

"정찰이라면 드론이나……. 아니, 제가 같이 가겠습니다."

"됐어. 쉬고 있으라니까."

같이 가겠다는 대원들을 내버려 두고, 수현은 혼자 움직였다.

멀리서 그걸 보고 있던 서강석은 움찔했다.

'……설마 들킨 건 아니겠지?'

그가 주원준에게 받은 명령은 간단했다. 가능한 엉클 조 컴퍼니의 뒤를 밟아서 무엇을 하러 가는 건지 확인하라는 것. 그러나 그는 출발할 때 그만 엉클 조 컴퍼니를 놓쳐 버렸다.

주원준은 그런 실수를 용납할 사람이 아니었다. 서강석은 그들을 놓친 곳에서 기다리며 그들이 어디서 오는지 확인하려 했다. 변명이라도 하려면 뭐라도 해야 했으니까.

'산악 지대를 갔다 온 건가.'

그 이상은 알아낼 수 없었다. 서강석은 입술을 깨물었다.

그는 지금 그가 하고 있는 짓이 헛된 짓이라는 걸 모르고 있었다. 얼마 지나지 않아 엉클 조 컴퍼니가 무슨 일을 했는지는 대대적으로 공개가 될 것이다. 이렇게 뒤를 쫓을 필요도 없었다.

"나와라."

"?!?!?!?!"

"천천히 나와라. 혹시라도 손 허리로 가져가면 바로 쏴버린다."

수현은 말과 함께 총구를 정확히 겨눴다. 서강석은 그가 들켰다는 것을 깨달았다. 하지만, 대체 어떻게?

"내 인내심 실험하나? 나오라고."

서강석은 천천히 몸을 일으켜서 손을 들었다.

"좋아. 무기 떨어뜨려."

툭-

"미행하고 있었지?"

"그렇다."

어떤 사람들은 서로 몇 마디를 나누는 것만으로도 서로가 어떤 사람인지 파악할 수 있었다. 서강석은 수현이 어설픈 거짓말이 통하지 않는 사람이라는 걸 직감했다.

"어떻게 알아챘는지 물어봐도 되겠나?"

"그 어설픈 은신 장비 뒤집어쓰고 뭘 어떻게 알아챘냐를 물어? 알아채 달라고 광고를 하던데."

수현은 권총을 빙글 돌리며 말했다. 시선을 느끼자마자 별 기대 없이 바로 움직였는데, 대어가 걸렸다. 군용 은신 장비를 사용하는 전문가들을 상대로 추격전을 벌여온 수현에게 서강석은 손쉬운 먹잇감일 뿐이었다.

"지금 내가 그쪽을 죽여도 별 상관없는 거 알지?"

죽여도 아무도 알지 못하는 건 덤이었고, 용병들 사이에서도 서로를 미행하는 건 총 맞아도 할 말이 없는 일이었다. 워낙 위험한 상황에서 대박을 노리는 일이었기 때문에 서로의 등에 총을 쏘는 건 빈번히 일어났다.

"……그래."

"살려줄까?"

"그쪽 장난에 휘말릴 생각은 없다. 죽일 테면 죽여라."

"살려줄 수도 있어."

"미안하지만 아무것도 말하지 않을 거다."

"눈치가 좋군."

사실, 각오를 한 서강석보다 수현의 머릿속이 훨씬 복잡했다. 지금 수현의 머릿속은 이 우연한 기회를 어떻게 활용해야 할지 빠르게 돌아가고 있었다.

서강석이 여기 왜 있는지는 대충 짐작이 갔다.

'주원준이 시켰겠지.'

주원준이 그들을 보고 흥미를 가졌다면 아마 왜 왔나 알아내려 했을 것이다. 거기서 보안에 막혀 실패했다면?

주원준은 부하를 시켜서 미행하는 것 정도는 아무렇지 않게 할 수 있었다.

'잠깐. 그러면 서강석은 아직 초능력자가 아닌가?'

이런 미행을 초능력자한테 시킬 정도로 주원준 팀에 인재가 넘쳐나지는 않을 것이다. 보통 이런 단독 미행은 무슨 일이 생겨도 아쉽지 않을 놈을 시켰다.

초능력을 빼도 수현은 서강석을 높게 평가하지만, 그건 서강석의 미래를 알기 때문이었다. 현재 상황에서 주원준이 서강석을 저평가해도 놀랍지 않았다.

카메론의 사냥꾼 집안 출신, 독에 해박. 이것만으로는 초능력자에 비교했을 때 조금 심심한 감이 있었다.

"사실 별로 궁금한 건 없다. 주원준이 시켰을 테니까."

"……!"

"놀랐나? 별로 놀랄 건 없어. 가온길의 주원준이 욕심이 철철 넘치는 놈이라는 건 아는 놈은 다 아니까."

서강석은 굳은 표정으로 놀라움을 숨겼다. 주원준은 평소에 그를 웅크린 호랑이로 비유하곤 했다. 지금은 드러나지 않고 있지만, 언젠가 발톱을 드러내면 세상을 놀라게 할 것이라고.

그런데 그런 걸 처음 보는 놈이 알고 있는 것이다.

"그놈은 세상에 자기만 똑똑한 줄 알지. 그런 놈을 위해 충성할 필요가 있나?"

"……."

"약점이라도 잡혔나?"

서강석은 완강하게 입을 다물었다. 수현 같은 사람을 상대할 때 괜한 말을 했다가는 꼬리를 잡힐 수 있었다. 자신이 없다면 그냥 입을 다무는 게 상책이었다.

"아까 죽일 테면 죽이라고 했는데, 난 그렇게 야만적인 사람이 아니야. 내가 어떻게 할지 말해줄까?"

"……?"

"일단 너를 산 채로 붙잡는 거야. 그다음에 데리고 가서, 공식으로 항의를 넣는 거지. 가온길의 대원 중 한 명이 우리를 미행했다고. 그러면 주원준이 어떻게 할까? 책임을 지고 보상을 할까, 아니면 꼬리를 자를까?"

순식간에 서강석의 얼굴이 회색빛으로 변했다.

"어때? 죽인다는 협박보다 더 무섭지?"

수현은 서강석 같은 남자를 어떻게 다뤄야 하는지 잘 알고 있었다. 이런 사람은 소중한 것을 지키기 위해서라면 죽음도 마다치 않았다. 죽인다는 협박이 아닌 다른 걸로 협박을 해야 했다.

수현이 말한 대로 진행된다면, 서강석은 죽지는 않을 것이다. 그러나 그는 수감될 것이고, 주원준은 확실하게 꼬리를 자르기 위해 지금까지 해주던 걸 모조리 끊을 것이다.

"……제발 그러지 말아주십시오."

"존댓말 하라고 한 적은 없는데. 듣기는 좋군. 계속해봐."

"게다가 제 증언은 의미가 없습니다. 그걸 가지고 고발해 봤자 주원준 팀장은……."

수현도 잘 알고 있었다. 여기서 서강석이 자백해 봤자 별 의미가 없다는 것을. 주원준은 그냥 서강석의 단독 행동이라고 우기면 그만이었다. 체면이야 조금 깎이겠지만 별다른 피해는 없었다.

"알고 있다. 그리고 자백 들으려고 하는 거 아니야."

"……??"

서강석은 이해가 가지 않았다. 그렇다면 이 남자는 무엇을 원하고 있는 것인가?

그를 바로 죽이지도 않고, 그렇다고 잡아서 넘기지도 않는다면…….

"그러면 뭘 원하시는 겁니까?"

수현은 대답 대신 손가락을 뻗어 서강석을 가리켰다.

"너한테 흥미가 있지."

"예?"

서강석은 무의식적으로 한 걸음 뒤로 물러섰다.

"주원준은 너를 그렇게 높게 평가하지 않을 거야. 그렇지?"

"……."

"이런 임무에 보내는 거면 답이 나오지 않나? 왜 또 입을 다물어? 감옥 보내줘?"

"아, 아닙니다."

"입 다물지 말라고. 난 무시당하는 걸 싫어하거든. 그래서 어떻게 생각해?"

"가온길에는 좋은 인재들이 많으니……. 그건 어쩔 수 없는 거라고 생각하고 있습니다."

"맞는 말이긴 해. 사냥꾼 출신에, 독 좀 아는 걸로는 튀기 힘들겠지."

"어, 어떻게……?"

서강석은 눈을 끔뻑거렸다. 수현이 그의 신상명세를 알고 있다는 게 이해가 가지 않았다. 주원준이면 모를까, 그는 정말로 별거 아닌 사람이었다.

"너나 주원준이 너를 어떻게 생각하든, 나는 너를 꽤 고평가하고 있다. 내 팀에 오면 주원준이 너를 부려먹는 것보다는 훨씬 더 잘해 줄 수 있어."

서강석은 그 말을 듣고 주저하는 표정을 지었다.

"물론 이렇게 말 한 마디 던진다고 냉큼 넘어올 놈이었다면 이렇게 말하지도 않았겠지. 걱정 마라. 나도 억지로 데려갈 생각은 없으니까. 난 어디까지나 자기가 하겠다는 놈하고만 같이 일하거든."

"그…… 렇습니까?"

서강석은 솔직히 안심했다. 지금 수현이 협박한다고 멋대로 따라갈 수 없는 게 그의 처지였기 때문이었다.

"오늘은 네 사정만 들어보자고."

"예?"

"왜 주원준과 같이 일하고, 어떤 문제가 있고, 뭘 원하는지. 다 말해보라고. 그러면 오늘은 넘어가 준다. 참고로 지금 내 부하들이 저기에 있거든? 시간 끌면 찾아올 텐데, 그러면 나도 어쩔 수 없어. 감옥 가기 싫으면 빨리 말해."

바위를 깎아서 만든 남자라도 수현 앞에서는 어쩔 수 없었다. 결국 서강석은 입을 열고 털어놓기 시작했다.

"딸이 있다고?"

곰처럼 생긴 남자가 그런 소리를 하니 살짝 놀랄 수밖에 없었다. 그러나 그의 나이를 생각해 보면 딸이 있어도 이상하지는 않았다.

"그러면 안 됩니까?"

"아니, 계속해봐."

기술이 발전하고 발전해도 불치병은 여전히 남아 있었다. 서강석의 딸이 걸린 병이 바로 그 병이었다.

막대한 비용의 돈을 지속적으로 지불해서 치유 능력자를 고용하지 않는다면 목숨 부지도 하기 힘든 병.

그 비용을 대주고 있는 게 주원준이었다. 물론 주원준은 공짜로 비용을 대주고 있는 게 아니었다. 그는 그가 지불하고 있는 돈을 하나도 빼놓지 않고 장부에 남겨두고 있었다.

"완치는 힘들겠고……. 결국 돈 문제라 이거지?"

치유 능력은 외상에는 탁월했지만, 만능은 아니었다. 복잡한 내과 질환에는 통하지 않을 때도 있었다.

"예."

"주원준이 돈 많다고 해도 노예 한 명 부리려는데 백억 이상은 안 쓰겠지. 아직까지 치료비가 그 정도로 가진 않았지?"

"그렇습니다만……."

"나한테 오면 일시불로 지불해 주지. 앞으로의 치료비는 물론이고."

"……!!!"

서강석은 오늘 놀란 것 중 가장 놀랐다. 지금 이 남자가 무슨 소리를 하고 있는 거지?

"노, 농담하지 마십시오."

"난 이런 거 가지고 농담 안 해. 돌아가서 생각해 보라고. 주원준 같은 놈 밑에서 개처럼 구르면서 살지. 아니면 내 밑으로 올지. 결정하면 연락해라. 엉클 조 컴퍼니 건물로 와서 내 이름을 말하면 바로 안내해 줄 거다."

수현은 총을 내리고 서강석의 어깨를 툭툭 쳤다.

"하나 더 충고해 주자면, 내 제안과는 별개로 주원준한테는 제대로 보고하는 게 좋을 거야. 나한테 들켰다는 소리는 하지도 말고, 우리가 뭘 하러 간지도 말하는 게 좋겠지."

"그건……."

"나한테 들켰다는 소리를 하고 싶나? 하고 싶으면 하라고."

서강석은 고개를 숙였다. 확실히 주원준은 그런 실패를 웃으면서 넘길 사람이 아니었다.

"아. 그러고 보니 우리가 뭘 하러 갔는지 모르겠군. 우리는 암석 거인을 잡고 오는 길이다."

"그, 그걸 말해주셔도 됩니까?"

"어차피 주원준은 그거 알아봤자 아무것도 못 해. 말해줘도 되는 거니까 이렇게 말해주는 거지. 그러면 잘 있으라고. 좋은 대답 기다리겠어."

수현은 더 이상 말하지 않고 등을 돌려서 걸어가기 시작했다.

"잠깐만 기다려 주십시오!"

"……?"

"솔직히 제안은…… 아직은 잘 모르겠습니다."

"누가 지금 대답하라고 했나? 고민하고 결정하라고."

"하지만 오늘 베풀어주신 호의는 절대로 잊지 않겠습니다. 감사합니다!"

"……그 얼굴을 하고서 제법 기특한 소리도 하잖아? 감사할 거면 와서 직접 갚으라고."

"그, 그건……."

"농담이야."

수현은 손을 흔들고 걸어가 버렸다. 서강석은 그 뒷모습을 홀린 것처럼 쳐다보았다.

'돈으로 서강석을 살 수 있다면 조금도 아깝지 않다.'

어차피 수현에게 돈은 충분했다. 이제까지 일한 것으로 받은 돈도 돈이지만, 앞으로 정부에게 요청해서 받을 수 있는 돈. 이번 일로 또 생겨날 돈을 따져보면 어디에 써야 할지 고민이 될 정도였다.

과거나 지금이나 수현은 전형적인 일 중독자였다. 카메론 행성에서 대박을 터뜨린 용병들은 말 그대로 주지육림과 향락의 삶을 즐겼지만, 수현은 구도자처럼 계속해서 다음 일에 뛰어들었다. 부하들이 말릴 정도로.

그나마 돌아오고 나서는 예전처럼 보답 없이 헌신하지는 않겠다고 다짐했지만, 그렇다고 해서 해야 할 일이 줄지는 않았다.

빠르게 성장하려다 보니 오히려 일은 더 늘어난 느낌이었다.

'쓸 수 있을 때 팍팍 써둬야지.'

서강석이 그에게 올 것인가에 대해서는 확신이 없었다. 수현은 반반쯤으로 계산하고 있었다.

머리를 굴릴 줄 알고 이익에 밝은 놈이라면 바로 수현에게 오겠지만, 서강석은 아니었기 때문이었다.

아무리 수현의 조건이 더 좋아 보여도, 그가 주원준에게 받은 건 분명한 은혜였다.

그런 은혜를 버리고 가도 되는가? 이런 걸로 계속해서 고민할 것이다.

어차피 상관없었다. 그런 고민을 다 하고 나서 수현에게 온다면 마음의 갈등을 다 끝내고 왔다는 뜻일 테니까. 그렇다면 그는 절대적인 충성심을 보여줄 것이다.

수현이 생각하기에, 그가 아는 사람 중 상관이 불에 뛰어들라고 하면 아무런 고민 없이 바로 뛰어들 사람이 두 명 있었다. 한 명은 예전 그의 부하였고, 다른 한 명이 바로 서강석이었다.

"어디 갔나 오신 겁니까?"

"내가 뭘 착각했나 보다. 움직이자. 기지가 눈앞이다."

수현은 오랜만에 정장을 입고 있었다. 그의 옆에는 마찬가

지로 멋지게 차려입은 조승현이 앉아 있었다. 지금 그들은 개발계획국 건물에 도착해 있었다.

암석 거인을 잡았다는 보고는 엉클 조 컴퍼니에 대해 회의적인 사람들조차 전부 입을 다물게 만들었다.

암석 거인을 잡았다는 공표와, 그 정보에 대한 처리, 그리고 주변 지역에 대한 계획을 세워야 했지만 그에 앞서 개발계획국은 엉클 조 컴퍼니를 확실하게 잡으려고 했다.

"정말 고생 많으셨습니다. 간단하게 읽어봤는데, 그렇게 봐도 정말 대단했……."

"파워 아머 하나를 반파시켰는데 대단한 건 아니죠. 그나저나 국장님은 언제 오십니까?"

"예?"

"저는 오늘 부른 이유가, 앞으로 정부와 같이 일하는 걸 확실하게 정의하고 넘어가기 위해서라고 생각했습니다만."

일단 엉클 조 컴퍼니는 정부와 같이 일하고 있었다. 가능한 임무의 목록을 받고, 어느 정도 정보를 공유받으며 지원을 받고 있는 상황.

그러나 이건 어디까지나 임시 계약직에 불과했다. 이런 식으로 외부의 팀을 고용하는 건 이해관계가 맞으면 언제 어디서나 갈라지거나 새로 구할 수 있었다.

"무슨 소리신지……."

"개발계획국 내 직속 팀을 말하는 겁니다. 오늘 부르신 이유가 그게 아니라면, 솔직히 좀 실망인데요. 우리는 충분히 능력을 보여줬습니다. 그런데도 제대로 된 대응이 없다면……."

"아, 아닙니다. 그게 맞습니다. 직속 팀 관련된 이야기를 꺼내기 위해서 부른 겁니다."

원래라면 개발계획국 내 직속 팀이 운영되고 있다는 사실을 어떻게 알았냐고 물었어야 했다. 이 팀은 존재 자체가 비밀이었다. 그러나 당황한 최현민은 묻는 것도 잊어버리고 사실을 털어놓았다.

"그리고 국장님은 곧 들어오실 겁니다."

최현민은 이미 대화의 주도권을 뺏겼다. 수현은 속으로 웃으면서 물었다.

"오시기 전에 혜택에 대해서 듣고 싶습니다만."

대충은 이미 알고 있었다. 개발계획국 직속 팀으로 들어간다는 건, 말 그대로 정부와 정말로 깊숙한 관계를 맺는다는 뜻이었나. 이제까지 협조한 건 약과로 느껴질 정도로.

"공유 가능한 정보는 어떻게 됩니까?"

"정부가 가진 정보는 전부 다 가능합니다. 원칙적으로는 말입니다."

이런 장점 때문에 수현이 그 고생을 한 것이다. 짜릿한 쾌감이 올라오는 걸 참으며, 수현은 표정을 유지하며 다음 질문을 했다.

“원칙적으로라는 건?”

“타 팀이 관련된 건 우선적으로 정보를 통제합니다. 그런 건 조금 늦게 알려드릴 수 있습니다. 그건 이해해 주셔야…….”

“알겠습니다. 일하게 된다면 그건 저희도 마찬가지일 테니까요.”

“이해해 주셔서 감사합니다.”

“그런 걸 제외한다면, 정부가 이제까지 조사한 지역에 대한 정보, 상대한 몬스터에 대한 정보, 차후 진출할 지역에 대한 정보…….”

“전부 가능합니다.”

“정말 좋군요. 혹시 지금 운용되고 있는 팀이 몇 개인지 물어봐도 되겠습니까?”

“엉클 조 컴퍼니가 들어오게 된다면, 6번째 팀이 될 겁니다.”

용병 회사가 그렇게 많은데 총 다섯 개. 까다롭기는 했을 것이다. 대형 용병 회사는 이해관계가 복잡했고 작은 용병 회사는 개발계획국에서 원하는 능력이 없었으니까.

“정보 외 혜택은 어떻게 됩니까?”

“자세한 내용은 서류로 따로 알려드릴 겁니다만, 먼저 비밀 유지를 부탁드리겠습니다. 아시는 분들은 다들 짐작을 하고 있겠지만, 이건 공식적으로 운용되는 팀이 아닙니다.”

"알고 있습니다."

운용되고 있는 팀들에게 지원되는 돈은 허공에서 솟아나는 게 아니었다. 개발계획국이 돈이 많은 부서긴 해도 정부의 기관인 이상 여론을 신경 쓰지 않을 수는 없었다.

"그리고 혜택이라면, 뭐가 궁금하신 겁니까?"

"까놓고 말하자면 역시 돈이죠."

수현의 말에 최현민은 긴장이 풀렸는지 살짝 웃었다.

"임무 도중에 따로 발견한 것으로 만들어지는 수익은 저희가 건드리지 않습니다. 그 외에 돈을 쓰실 곳이 있으시다면……."

최현민이 꺼낸 건 검은색 전자카드였다.

"돈은 개발계획국에서 따로 만든 회사 이름으로 나가게 되어 있습니다. 한도는 없습니다만, 사려는 게 너무 거액이다 싶으실 때는 저희에게 연락을 주시는 것도 나쁘지 않으실 겁니다. 현금 외 다른 것으로 교섭이 가능하니까요."

개발계획국이 확보한 자원 중 몇 개만 팔아넘겨도 순식간에 현금을 만들 수 있었다.

"그런데 이건 기록이 남잖습니까."

"그렇…… 죠?"

"추적 불가능한, 충전식 전자카드도 지원받을 수 있습니까?"

"네? 그건 뭘 하시려고요?"

"일을 하는 데 언제나 공식적이고 합법적인 수단만 쓸 수는 없잖습니까."

그 순간 문이 열리고, 개발계획국 국장 이원재가 들어왔다. 그는 한 손에 두꺼운 서류뭉치를 들고 있었다. 그는 그걸 수현과 조승현에게 공손하게 건넨 후 자리에 앉았다.

"인사는 굳이 할 필요 없으시겠죠? 방금 재미있는 말씀을 하셨는데, 암시장에서 필요하신 물건이라도 있으십니까?"

수현이 말한 걸로 사는 물건이라면 암시장밖에 없었다.

"전에 지원을 해드릴 때에는 공식적으로 허가받은 것만 가능했지만, 여기에 사인을 하시면 앞으로는 허가받지 않은 것도 지원 가능합니다. 군용도 물론이고요."

이원재의 목소리는 쾌활했고, 리듬감이 있었다. 수현은 그가 밖에서 일부러 기다린 게 아닌가 의심이 갔다.

최현민이 먼저 들어가서 분위기를 풀어놓으면 적당한 순간 들어가서 이야기를 빠르게 진행시키는 것. 개발계획국의 국장 정도 되는 남자라면 충분히 그럴 수 있었다.

"물론 알고 있습니다. 그렇지만 신이 아닌 이상에야 개발계획국에서 모든 걸 다 구해줄 수 있는 건 아니잖습니까? 암시장에서만 파는 물건도 분명 있을 겁니다."

"으음……. 그렇긴 합니다만. 그러면 그건 따로 지원해 드리겠습니다.”

“괜찮습니까, 국장님?”

“상관없지, 이 정도는. 이 정도도 못 해준다면 누가 우리와 같이 일하려 하겠어?”

‘연극을 하는군.’

추적 불가능한 전자카드를 지원해 주는 건 개발계획국 정도 되면 솔직히 별로 어려운 일도 아니었다.

방금 나눈 대화는 어떻게든 그들이 잘해주고 있다는 걸 보여주려고 나눈 대화였다.

22장

독공을 향한 머나먼 길(1)

암석 거인이 잡혔다는 보고가 기지에서 올라온 이후, 개발 계획국 내에서는 회의가 연속적으로 열렸다.

엉클 조 컴퍼니를 전속 팀으로 고용해서 더 효율적인 일 처리를 노릴 것이냐, 아니면 아직 더 지켜봐야 하느냐.

결과는 전자가 압도적이었다. 안 그래도 인재 구하기 힘든 상황에서 더 기다렸다가는 엉클 조 컴퍼니가 미국 쪽 대형 회사로 가버릴 수도 있다는 위기감도 한몫했다. 그들은 아직 블루베어를 기억하고 있었다.

결국 국장을 필두로 엉클 조 컴퍼니 1팀을 전속 팀으로 고용하자는 결론이 나왔다.

괜한 여유를 부렸다가 놓치기라도 한다면 하소연할 곳도

없었다.

"혜택만 이야기한 것 같은데, 사실 저희 입장에서는 의무를 더 신경 써주셨으면 좋겠습니다."

"비밀 유지요?"

"그건 가장 기본적인 거고, 다른 의무들도 있습니다. 아무래도 이해관계가 맞아서 임시로 일하던 때와는 다르니까요. 보시면 알겠지만, 여러모로 복잡하게 있습니다. 이런 일을 하다 보니 저희도 그냥 할 수는 없어서……."

국장이 말한 건 기본적인 원칙들이었다. 정부에게서 지원받은 것들을 유출시키지 않거나, 정보를 타국에 멋대로 넘기지 않거나.

정부와 같이 일할 정도의 팀이라면 어느 정도 세력이 있는 회사의 팀이었고, 그런 회사에게 국적은 사실상 아무런 의미가 없었다. 어느 나라로 가든 무조건 환영을 해줄 것이다.

"거기서 가장 중요한 건 거부권입니다."

"거부권은 제한이 없는 걸로 알고 있습니다만."

거부권 이야기가 나오자 수현은 살짝 눈썹을 찌푸렸다. 개발계획국과 같이 일하는 건 이 거부권이 있어서 안심하고 할 수 있는 것이었다.

어떤 임무를 정부 측에서 수행해 달라고 했을 때 거부할 수 있는 권리. 군에 있을 때와는 이런 점에서 차이가 났다.

앞으로 개발계획국 내에서 위험한 임무들은 수두룩하게 나올 것이고, 그중에서는 수현이 모르는 것들도 꽤 있을 것이다.

그런 위험을 피하기 위해서라도 거부권은 양보할 수 없었다.

게다가…….

'그 사건이 터지면 이 직속 시스템도 갈아엎어질 가능성이 높아. 그걸 피하려면 거부권은 무조건 필요하다.'

"아. 물론 서류상으로는 제한이 없습니다. 그리고 솔직히 말해서, 전속으로 계약한다고 해서 용병분들이 뻔히 죽을 일에 뛰어들 리는 없잖습니까?"

"그러면 뭡니까?"

"거부권은 자유입니다. 그렇지만, 정당한 이유 없이 계속 임무를 거절한다면 저희가 곤란해진다는 걸 알아주셨으면 합니다."

한 마디로 지원을 받았으면 일을 하라는 소리였다. 세상에는 공짜가 없었다. 지원은 받을 대로 받고 임무는 시간을 끌며 하지 않는다면 개발계획국 입장에서는 울화통이 터질 것이다.

"그건 알고 있습니다. 성실하게 임할 테니 걱정하실 필요 없습니다."

"그렇다니 다행이군요. 사실 우리 쪽에서도 엉클 조 컴퍼니는 신뢰가 가는 곳입니다. 다른 회사와 달리 말입니다."

"하하하! 그렇게 말해주시니 감사할 뿐입니다."

조승현이 말하는 동안 수현은 머릿속으로 빠르게 계산기를 굴리고 있었다. 말하는 걸 들어보니 거부권을 몇 번 정도 행사하는 것 자체는 문제가 없어 보였다.

그래도 만약을 모르니 미리미리 정부의 지원을 받아 챙길 건 다 챙겨놓아야 했다. 수현은 속으로 해야 할 것들을 세어 보았다.

'몇 팀 더 추가로 만들고, 장비 챙기고, 아티팩트는 대여까지겠지. 초능력자 영입하는 것도 좀 시도할 수 있겠고.'

정부 측에서 엉클 조 컴퍼니를 홍보하고 다녀주지는 않겠지만, 이번 일이 공표되고 나면 그들은 자연스럽게 알려지게 되어 있었다. 게다가 정부의 지원은 겉치레가 아니었다.

"그러면……. 앞으로 잘 부탁드리겠습니다."

"저희야말로."

악수와 함께 대화는 끝이 났다.

국장, 이원재는 수현과 조승현이 나가는 길을 직접 배웅했다. 속이 뻔히 보였지만 수현은 얌전히 입을 다물고 그 호의를 받았다.

'이렇게 잘 대해주면 오히려 무서운데. 뭘 시키려고…….'

서로 윈-윈(win-win)하는 관계이긴 했지만, 정부 측 인물의 호의는 결코 그냥 나오는 게 아니었다. 특히 국장 정도 되는 인물이라면 더더욱.

"……?"

입구로 걸어 나가던 수현은 안으로 들어가는 일련의 무리를 발견하고 고개를 갸웃거렸다.

"저 사람들, 누굽니까? 한국인이 아닌 거 같은데."

"아. 눈썰미가 좋으시군요. 일본 쪽 상사(商社) 사람들입니다."

"그래요? 특이하군요."

원래 평양이 있던 자리에 게이트가 생기고 나서, 가장 몸이 달아오른 건 일본이었다.

지리적으로 밀접한 중국, 러시아, 미국, 한국이 게이트로 막대한 이익을 산출하는 동안 일본은 그 이권 게임에 끼어들지 못했던 것이다.

게이트 관리국으로 허가받기 위해 막대한 로비를 했었지만, 먼저 선점한 4국의 연합 체제는 로비로 흔들 정도로 만만한 게 아니었다.

서로 복잡하게 얽혀 있었지만 이익 관계 앞에서는 이해관계가 일치했다.

들어갈 수 있는 국가가 적을수록 그들의 이익은 커진다!

결국 일본은 포기하고 다른 국가들처럼 4국 중 하나의 허락을 받고 민간 자격으로 게이트에 들어갈 수밖에 없었다.

그리고 이런 면에서 가장 인기 있는 곳은 미국이었다. 많은 국가가 미국에게 허가를 받고 게이트 안으로 들어갔다.

그런 만큼 일본 측 종합상사에서 한국 개발계획국에 찾아오는 건 보기 드문 일이었다.

물론 종합상사야 카메론 행성에서 굴러다니는 돌멩이 정도로 많이 보였지만, 일본 측 종합상사는 보통 미국 정부와 협력해서 일을 진행했던 것이다.

"아무래도 미국 쪽은 거의 포화 상태나 다름없잖습니까. 저 사람들도 그걸 아니까 새로운 방법을 찾고 있는 거죠."

"확실히 어지간해서는 후발주자가 새로 끼어들기는 힘들 테니……."

"저희 쪽에서도 상당히 긍정적으로 생각하고 있습니다. 미국 쪽이 워낙 경쟁이 치열한지, 저희 쪽에서 세율을 올려도 물러날 생각을 안 하시더라고요."

"역시 돈이 최고죠."

"그렇죠. 이런 소리를 당당하게 할 수는 없지만 말입니다."

이원재는 피식 웃으며 손가락으로 동그라미를 만들어 보였다. 개발계획국의 재정이 넘치는 이유는 다 이런 식으로 예산을 만들어내기 때문이었다.

'아. 그러고 보니…….'

일본 측 사람들을 보자 문득 생각나는 게 있었다. 일본의 상황을 이용한 사기 사건. 언론에서는 금세기 최대 규모의 사기 사건이 될 것이라고 표현했었다.

바로 게이트 사기 사건이었다.

일본 측 물리학자 몇 명과 해외 물리학자 몇 명으로 이루어진 팀이 인공적으로 게이트 생성이 가능하다는 논문을 낸 것으로 시작된 사건은, 실제로 소형 게이트를 만들어 몇 명을 보낸 것으로 화제를 만들었다.

'물론 초능력자를 이용한 정교한 사기였고.'

일본의 북쪽 대지에 새로운 게이트를 만들겠다는 야심 찬 계획은 비웃음만 사고서 끝나버렸다.

수현도 언론을 보면서 어이없어서 한참 웃었던 기억이 났다.

'이런 건 어떻게 활용할 수가 없나…….'

수현의 전공은 어디까지나 적을 분석하고 분쇄하는 것이었지, 이런 외적인 사기 사건을 이익으로 바꾸는 방법에는 비교적 약했다. 이럴 때면 쓸 만한 머리가 그리워졌다.

그러는 사이 일본인들은 안으로 들어가 버렸다.

'일단 다른 것부터 먼저 처리하자. 안 그래도 바쁜데…… 나중에 기회가 생기겠지.'

"암석 거인을 잡았다는 공표는 언제 하실 생각이십니까?"

"5일 후에 할 생각입니다. 준비는 거의 다 끝났으니 말입니다."

암석 거인이 잡혔다는 정보가 풀리는 순간, 에우터프 지역에 진출해 있는 세력들에게는 레이스가 시작될 것이다. 미개척 산악 지대를 개발하기 위한 레이스.

"저희가 올린 좌표를 가장 먼저, 우선적으로 확인해 주시죠. 다른 곳에 뺏기고 싶지 않으니까요."

"물론입니다. 신경 쓰도록 하겠습니다."

알짜배기 중의 알짜배기. 다른 세력들이 새로운 자원을 찾아서 헤매는 동안 개발계획국과 엉클 조 컴퍼니는 가장 알찬 곳을 선점하고 들어갈 것이다.

"갔다 왔어?"

"지금 다시 나갈 거다. 다른 대원들은?"

"각자 알아서 쉬고 있겠지. 어디 가는데?"

고된 일이 끝났기 때문에 수현은 대원들에게 휴식을 준 상태였다. 각자 알아서, 취향에 맞게 휴식을 즐기고 있을 것이다. 돈이야 넘칠 정도로 충분했으니까.

"암시장."

"……!"

안에서 뒹굴뒹굴하던 샤이나는 수현의 말을 듣고 벌떡 몸을 일으켰다.

"나도 같이 가도 돼?"

"상관없긴 한데……. 암시장에 관심이 있었나?"

"가면 언제나 쓸 게 있으니까."

"그러면 같이 가지. 빨리 준비해."

같이 나와서 암시장으로 걸어가는 동안 수현은 케시카에 관해 물었다. 일단 강인규한테 쓸 물건인데 확인은 하고 써야 했다.

"그 케시카, 부작용은 없나?"

"부작용? 끔찍한 환상을 보는 게 부작용이지."

"그거를 제외한 부작용."

"음…… 구토나……."

"그건 괜찮고."

"그게 괜찮아?!"

"영구적인 후유증을 말하는 거야."

"그런 거라면……. 내가 알기로는 없는데."

"다행이군."

수현은 만족스러운 표정으로 고개를 끄덕였다.

"정말로 쓰게? 그걸 왜……. 우리도 안 하는 구식 전통이라고."

"다 생각이 있단다."

말하는 동안 목적지에 도착했다. 예전에 프란조와 같이 갔던, 비요른의 가게였다.

"너는……."

"오랜만이군."

소리를 듣고 나온 비요른은 수현과 샤이나를 보고 떨떠름한 표정을 지었다.

"무슨 일로 온 거냐? 게다가 저 다크 엘프는 뭐고."

"드워프가 다크 엘프와 사이가 안 좋았나?"

"그다지?"

"내가 싫어하는 건 다크 엘프가 아니라 돈 없는 놈이야. 들어오기나 하라고. 문가에서 헛소리하지 말고."

둘이 안으로 들어오자 비요른은 다시 입을 열었다.

"그래서, 무슨 일로 왔지? 혹시 블렌딩 일을 하려고 왔나?"

"어지간히도 기술자가 없나 보군."

"기술자야 많은데 쓸만한 놈이 없어. 어제도 한 놈이 사기

치다가 쫓겨났지. 자기가 트롤도 쓰러뜨리는 독을 만들 수 있다던데, 미친놈이지. 그거 갖고는 비루먹은 개새끼도 못 잡겠던데…….”

“미안하지만 블렌딩 기술자로 온 게 아니야.”

“뭐야? 그러면 왜 온 건데?”

수현은 들고 온 짐을 위에 올려놓았다. 쿵, 하고 묵직한 소리가 났다.

비요른은 눈을 가늘게 뜨고 그 짐을 쳐다보았다. 뭔가 살아 있는 게 들어 있는 것 같았다.

“안에 뭐가 든 거냐?”

“네가 좋아하는 것들.”

“뱀? 벌레?”

“둘 다. 독 좀 빼줘.”

“독 빼는 거면 암시장에서 안 해도 되는 일이잖아!”

비요른은 성질을 냈다. 독을 가진 놈한테서 독을 빼내는 건 품은 많이 들지만 돈은 별로 안 되는 일이었다. 게다가 이건 공식적으로도 할 수 있는 일 아닌가.

“공식적으로 하면 기록에 남거든. 기록에 남으면 멋대로 처분할 수가 없고.”

“으음…….”

“그리고 독 추출만 하려고 온 건 아니야.”

"……?"

수현은 품속에서 추적 불가능한 전자카드들을 꺼내 하나씩 떨어뜨렸다.

"확인해 봐."

"……!"

하나의 액수를 확인한 비요른의 눈동자가 휘둥그레졌다.

"다?"

"다."

다른 카드에도 똑같은 액수가 들어 있다는 걸 확인받자, 비요른은 침을 꿀꺽 삼켰다. 그의 태도가 무의식적으로 공손해졌다.

"뭐, 뭐를 원하는데?"

"여기에서부터 저기까지 전부."

"……?"

"있는 독은 다 내가 산다."

"……!!"

서강석과 만나고 나서 수현은 독공을 완성시키기로 마음먹었다. 이 대량 구매는 그 한 걸음일 뿐이었다.

"여기 녹차. 아. 혹시 쌍화차가 좋나? 좋다면 바꿔줄 수도……."

"그냥 독이나 빨리 빼 와. 어색한 서비스는 하지 말고."

비요른은 얼굴을 붉히며 안으로 들어가 버렸다. 샤이나는 작은 목소리로 물었다.

"여기 있는 걸 사서 뭐하게?"

"먹으려고."

"뭐?"

수현은 작은 유리병을 들어 올렸다.

틴돌린. 입으로 먹어도 효과가 있는 약한 마비독이었다. 대량으로 독을 먹기 전에, 확인을 해볼 게 있었다.

꿀꺽!

"미쳤어?!"

"더럽게 시군."

수현은 혀를 차며 안으로 들어가는 감각을 확인했다. 수현은 한 가지 가설을 세운 상태였다.

러벤펠트의 마도서는 사용자가 입으로 먹는 건 보호해 주지 않을까?

그게 아니라면 저 수많은 재료를 먹고 사용자가 무사할 수가 없었다.

그걸 확인하기 위해 약한 독을 마셨다. 만약 보호해 준다면, 마비 증상이 오지 않을 것이다. 수현은 주먹을 쥐었다 폈다.

아무런 반응도 오지 않았다. 마도서를 확인해 보자, 항목이 채워져 있었다.

'역시…….'

좋아해야 할 일이었지만, 그렇게 기쁘지는 않았다. 이걸 다 먹을 생각을 하니 벌써부터 우울해졌다.

탁, 탁, 탁-

독이 담긴 병을 하나씩 열어서 원샷하는 수현을, 샤이나는 세상에서 가장 기괴한 사람을 보는 눈빛으로 쳐다보았다.

"인간 중에서 우리가 안 먹는 걸 먹는 사람들도 있다고 들었는데, 그게 이렇게 가까이 있을 줄이야……."

"보통 독은 아무도 안 먹지."

수현은 낮은 욕설을 내뱉으며 입가를 닦았다. 고약한 맛의 칵테일로 인해 혀가 마비된 기분이었다.

"다 됐다. 어?"

돌아온 비요른은 독을 담았던 병들이 다 비어버린 걸 보고 물었다.

"독 어디 갔어?"

"내 돈 주고 샀는데 어디다 두는지는 내 마음이지. 다른 곳에 담았다."

"독을 그렇게 멋대로 섞으면……. 아니. 됐다. 블렌딩 할 줄 아는 놈이 그런 것도 모를 리가 없겠지. 여기 빼놨다."

"좋아. 고맙군."

수현은 물건을 챙기고서 자리에서 일어섰다.

"잠깐. 너도 암시장에서 뭐 사려던 거 아니었어?"

"지금 다 싹쓸이해 놓고 뭐라는 거야?"

"이거 미안하게 됐어. 독이 필요했던 거였나?"

"아냐, 난 어차피 독을 잘 안 쓰니까."

샤이나는 손을 내저으며 부정했다.

"괜찮은 무기나 있으면 구하려고 했었지."

"어떤?"

"쓰기 편하고 화력 좋은 거면 아무거나 좋아. 폭탄도 좋고, 총기류도 상관은 없는데."

"그런 거면 그냥 개발계획국 측에 부탁하는 게 편하겠군. 굳이 암시장 걸 쓸 필요는 없어."

"그리고 아티팩트도."

수현은 샤이나의 말에 어이없다는 듯이 그녀를 쳐다보았다.

"아티팩트라니. 암시장에서 뭘 구하려는 거야?"

"어? 가끔 돌아다니지 않아?"

"그런 소문의 거의 대부분이 헛소문일걸. 애초에 아티팩트 같은 건 암시장으로 들어오는 경우 자체가 드물다고."

아티팩트 확보는 카메론 행성에 있는 모든 이들이 관심을 기울이고 있는 일이었다. 그만큼 아티팩트는 무궁무진한 가치를 가지고 있었고, 이런 물건은 굳이 암시장으로 오지 않아도 처리할 방법이 수두룩했다.

"아니, 있다."

"……?!"

둘의 대화를 듣던 비요른이 시큰둥한 목소리로 말했다.

"뭐? 방금 뭐라고 했지?"

"암시장에서 파는 아티팩트도 있다고."

"더 자세히 말해봐."

수현은 눈빛을 빛내며 비요른을 재촉했다. 별생각 없이 말했던 비요른은 수현이 열렬한 반응을 보이자 살짝 당황하며 말을 이었다.

"그다지 놀랄 일은 아니지 않나? 아티팩트가 귀한 물건이긴 하지만 암시장에 아예 안 들어온다면 그거야말로 놀랄 일이지. 그저께 다른 곳에서 일하는 놈한테 이야기를 들었어. 아티팩트가 하나 흘러들어왔다고. 말하는 걸 보니 아마 얼마 지나지 않아서 경매를 하겠지."

"비밀리에?"

"당연히 몰래 하지. 암시장에 흘러들어온 걸 파는데 어떤 놈이 공개로 팔아?"

"흥미가 생기는데."

암시장에 흘러들어온 아티팩트는 분명 사연이 있을 것이다. 그렇지 않다면 암시장에 들어올 이유가 없었다. 가장 큰 이유는 도난이었다.

'한국 쪽 암시장에 들어온 걸 보니……. 중국이나 러시아 측 아티팩트를 훔쳐서 온 건가? 설마 미국은 아니겠지.'

타국의 아티팩트라고 하지만 수현은 조금도 신경 쓰지 않았다. 일단 물건만 손에 쥐면 정보를 은폐하든 세탁을 하든 삼킬 자신이 있었다.

그보다 더 중요한 건 성능이었다. 쓸모없는 초능력을 가진 아티팩트라면 굳이 고생을 해서 손에 넣을 이유가 없었다.

"내가 들어갈 방법이 있나?"

"뭐? 진짜로? 별로 추천하지는 않는데."

"왜지?"

"그야 썩어도 아티팩트니 온갖 놈들이 다 몰릴 테니까. 보통 돈으로는 힘들다고. 게다가 알잖아? 암시장 물건이 어떤 건지. 속아도 하소연할 곳도 없다고."

"그렇긴 하지."

수현은 고개를 끄덕였다. 암시장에서 물건을 잘못 보고 산다면 그건 속은 놈의 잘못이었다.

"그렇지만 그건 상관없어."

"뭐? 왜?"

"날 속이려고 하는 놈은 무사히 걸어 나가지 못할 테니까."

"……!"

비요른은 수현을 미친놈 보듯이 쳐다보았다. 처음 봤을 때부터 만만한 놈은 아니라고 생각했었는데, 지금 말하는 걸 보니 걱정이 됐다.

"왜 그렇게 쳐다봐?"

"아니, 잠깐만."

만약 수현이 들어가게 된다면, 그의 이름으로 초대장을 갖고 들어가게 될 것이다. 그런데 거기서 수현이 난리라도 친다면…….

"어쨌든 이후의 일은 내가 알아서 할 테니까, 들어갈 방법이나 알려달라고."

"생각해 보니 방법이……."

"없다고 하지는 않겠지. 설마 내가 거기 가서 난리라도 칠까 봐 안 주는 건 아니겠지?"

'귀신같은 자식!'

"이거 실망인데. 사람을 그렇게 보다니. 거기 가서 난리를 치지는 않겠지만, 내가 조금 더 실망을 하면 여기서 난리를 칠지도 모르겠어."

'%#^&$^#$&!'

이건 대놓고 협박 아닌가. 걸쭉한 드워프식 욕설을 속으로 내뱉으며, 비요른은 종이를 꺼내 도장을 찍은 후 주소를 적어주었다.

"고전적이군."

"오히려 이런 게 더 위조하기 힘들어. 전자식은 하나만 뚫으면 그대로 복제되잖아?"

"보안이야 내가 모르는 분야니……. 어쨌든 잘 쓰겠어. 이걸 어디 가서 누구한테 주면 되는 거지?"

"기다려봐. 아직은 소문만 돌고 열리지는 않았으니까."

비요른은 이 암시장에서 잔뼈가 굵은 드워프였다. 일이 어떤 식으로 돌아가는지 아주 잘 알고 있었다.

먼저 소문을 뿌린다. 그러면 소문이 돌아서 관심이 있는 사람들은 알아서 주목하고 주의를 기울이게 되어 있었다. 그런 식으로 해서 관심이 최고조에 다다르면 정보를 돌려서 경매를 여는 것이다.

"열리면 연락 줄 테니까, 거기로 찾아가 보라고. 그리고, 내가 보냈다는 소리는 하지 마라."

"사고 안 칠게. 걱정 마."

"알겠어. 그래도 내가 보냈다는 소리는 하지 말라고. 보통 비밀경매는 그 도장만 확인하면 들여보내 주거든?"

수현을 조금도 믿지 않았기에 비요른은 끈질기게 당부했다.

"명심하지."

밖으로 나오자 샤이나가 궁금하다는 듯이 물었다.

"아티팩트를 살 생각이야?"

"뭐……. 가격만 적당하면. 그런데 걱정이군. 거기 모일 정도 놈들이라면 돈은 넘쳐나는 놈들일 텐데."

아티팩트를 하나 확보할 수 있다면 대부분 그게 불법이라도 신경 쓰지 않고 달려들 세력들이 많았다. 불법이어도 상관없었다. 아티팩트는 그만한 가치가 있었다.

수현이 개인 단위로 막대한 부를 쌓아가고 있는 과정이기는 했지만, 그렇다고 해서 예전부터 기업 단위로 일하고 있는 세력과 돈으로 싸울 수 있는 정도는 아니었다.

"게다가 꼴을 보아하니 경매가 과열될 거 같고."

저런 식으로 소문을 돌리는 이유는 뻔했다. 어떻게든 크게 벌어먹기 위한 노림수였다.

"인간들 사회는 참 복잡해. 우리라면 그냥 습격해서 가지고 나왔을 텐데."

"뭐?"

"응? 아, 아니, 내가 하겠다는 게 아니라……. 나 그런 짓 안 해!"

샤이나는 수현이 되묻자 오해를 샀나 싶어 황급히 부정했다.

"습격해서 가지고 나온다고?"

"나 안 한다니까……."

"샤이나."

"……?"

"아주 좋은 생각이야."

수현은 씩 웃었다. 예전이라면 바로 탈취를 생각했었을 텐데, 돌아오고 나서 워낙 공식적으로 일을 하다 보니 감이 둔해진 것 같았다.

어차피 장물일 텐데 빼돌려 봤자 무슨 일이 생기겠는가? 신분만 확실히 숨기고 빼돌리면 됐다. 그리고 이런 면에서 수현은 전문가였다.

"감사합니다."

악수를 하고, 수현은 아래로 내려왔다. 지금 엉클 조 컴퍼니와 개발계획국 관계자들은 미군 기지에 와있었다.

모든 준비가 끝나자 개발계획국은 암석 거인이 처치되었다는 걸 미국 측에 알렸고, 그들은 조촐한 수여식을 위해 미군 기지를 방문했다.

"근데 굳이 여기까지 와야 할 필요가 있습니까?"

"나도 별로 오고 싶지 않았다. 돈이야 그냥 따로 받으면 되는데, 수여식은 무슨……."

"그래도 수여식이잖아."

"미군 측에서 외부인용 훈장 하나 주는 건 일도 아니다. 오늘 부른 건 아마 정보 공유 때문이겠지."

"정보요?"

"암석 거인의 정보. 미군 애들만큼 이를 갈고 있는 사람들도 없을 테니까."

"공짜로 넘겨주는 겁니까?"

"세상에 공짜가 어디 있나."

한국 측이 미국에게 정보를 넘겨주는 대신, 수현은 개발계획국에서 대가를 받게 되어 있었다. 생색은 다른 사람이 내도 상관없었다.

"그나저나 미군 애들, 진짜 대단하네요."

대원들이 감탄하는 것도 이해가 갔다. 카메론 행성에 진출한 군대 중 미군은 가장 뛰어난 설비와 세력을 자랑했다.

'이종족들도 곳곳에 보이고…….'

군복을 입고 돌아다니는 이종족들. 한국군에서도 볼 수 있었지만, 미군과 비교한다면 규모가 달랐다.

"내일부터 정보 통제가 풀리고 언론에도 나갈 거다. 한동안 에우터프는 시끄러울 테고."

"저희도 다시 들어갑니까?"

"아니, 우리는 한동안 쉰다."

"네??"

어차피 중요한 곳들은 좌표로 미리 알박기를 한 상태였다. 굳이 다른 놈들과 어깨 부딪혀가며 자원 선점을 할 필요는 없었다.

"거기 들어가는 놈들은 아마 자원 찾는 것 관해서는 전문가일 텐데, 경쟁해서 찾을 자신 있으면 해도 상관은 없고. 물론 거기 가봤자 손해만 볼 거다."

게다가 단순히 경쟁에서 끝나는 게 아닌, 싸움도 일어날 수 있었다. 저런 곳에는 정말 필요한 게 아니면 들어가는 게 아니었다.

"휴식 시간을 주면 감사히 쉬도록. 어차피 나중 가면 다시 바빠질 거다."

"예!"

수현의 예측은 사실이었다. 다음 날이 되자 카메론 행성의

언론은 일제히 에우터프 지역의 암석 거인이 사살되었다는 것을 발표했다.

-이번 사냥은 엉클 조 컴퍼니, 한국 용병 회사가 주도했으며…….

대원들은 언론에 나온 그들의 이름을 신기하게 쳐다보고 있었지만, 수현은 아랑곳하지 않고 다음 작업을 준비하고 있었다. 쉬는 동안 할 일이 많았다.

"깨질 만한 물건은 다 치웠고. 이렇게 하는 거 맞나?"

"응. 이제 불만 붙이면 돼."

"나가서 강인규 좀 불러……."

똑똑-

샤이나의 도움을 받아, 케시카의 연기를 태울 준비를 마친 수현은 강인규를 불러오라고 하려고 했다. 그러나 그 순간 누군가 문을 두드렸다.

"누구야?"

"강인규입니다. 팀장님. 들어가도 되겠습니까?"

"아……. 들어와. 들어와."

수현은 표정을 관리하며 문을 열었다. 수상쩍은 짓을 하려고 한 순간 그가 먼저 들어오니 살짝 당황스러웠다.

'들킨 건 아니겠지?'

"무슨 일로 왔지?"

"여쭤볼 게 있어서요……."

"뭐든지 물어봐."

"나는 그러면 나가볼게."

"그래."

샤이나는 밖으로 나갔다. 수현은 말과 함께 케시카를 넣은 용기를 집었다. 언제라도 불을 붙일 수 있도록.

"제가 지금 팀에 도움이 되고 있습니까?"

"음?"

"다른 분들은 각자 특기가 있으시고, 능숙하게 싸울 줄 아시는데……. 저만 발목을 잡는 것 같아서요."

'다른 놈들도 그렇게 능숙하게 싸우는 건 아닌데.'

수현의 눈에 보기에 팀원들은 모두 아쉬운 점이 많았다. 인간적으로 믿을 만하니 데리고 키우는 것이었지, 실력 때문이 아니었다.

"다른 팀원들이 너한테 발목을 잡는다고 한 적이 있나?"

"아, 아뇨. 다들 잘해 주십니다."

"그런데 왜 그런 생각을 하지?"

수현이 굴린 덕분에 강인규는 기본은 할 수 있게 되었다. 그러나 딱 기본까지였다. 그 이상으로 가려면 스스로 특기가 있어야 했다.

"진돗개에 있었을 때는 별로 도움이 안 되었으니까요. 실제로 거의 쫓겨난 것이나 다름없고……. 팀장님께서도 저 같은 놈보다는 초능력자가 더 낫지 않으셨겠습니까?"

"뭐, 그렇긴 하지."

"……!"

"왜. 내가 아니라고 부정해줄 줄 알았나? 그런 배려는 기대하지 말라고."

"……."

강인규는 시무룩해져서 고개를 숙였다. 예상은 했었지만 실제로 들으니 가슴이 아팠다.

"그렇지만 내가 최재호한테 속아서 널 데려왔다는 생각은 하지 마라. 나는 분명히 네가 가치가 있다고 생각해서 데려온 거니까."

"무, 무슨 가치요?"

강인규는 화색이 돌아서 되물었다.

"그건 말해주고 싶지 않군. 자기 가치는 자기가 알아서 찾아야지. 아까 물었었지? 너보다 초능력자가 더 좋지 않냐고. 그렇게 생각하면 초능력자가 되라고."

"그게 마음대로 되는 게……."

수현은 케시카가 담긴 용기를 올려놓았다.

"원래 줄까 말까 망설였는데, 그렇게 스스로의 가치에 고민이 많다면야."

"이게 뭡니까?"

"내가 만든 특제 비약이지. 해볼 생각이 있나?"

"뭔지는 모르겠지만 하라고 하신다면……."

강인규가 집으려고 하자 수현은 손을 뻗어서 말렸다.

"억지로 하라는 게 아니야. 내가 시켜서 하는 거면 할 필요 없다. 이건 그렇게 좋은 게 아니니까. 마시면 아주 끔찍한 경험을 하게 되지."

"마, 마약 같은 겁니까?"

"아…… 닐걸?"

"아닌 거 맞죠?"

수현이 살짝 말을 흐리자 강인규는 불안하다는 듯이 되물었다.

"그건 별로 안 중요하고. 이걸 태워서 마시면 맛이 간다는 게 중요하지."

"그런데 왜 마시라고 주시는 겁니까?"

"마시고 나면 네 숨겨진 능력을 깨달을 수도 있거든. 그런데 확실한 게 아니야. 그냥 끔찍한 경험만 하고 끝날 수도 있어."

"상관없습니다."

강인규는 용기를 붙잡았다.

"의외로 결단이 빠른데?"

"팀에 도움이 될 수 있다면 이런 것 정도는……."

그 말을 들은 수현은 피식 웃으며 불을 붙였다. 연기가 피어오르기 시작했다.

"그러면 잘 있어."

"네?"

수현은 강인규에게 혼동을 걸고 밖으로 나가 문을 닫았다.

"왜 나와?!"

샤이나는 밖에서 돌아가는 대화를 듣고 있다가 수현이 나오자 깜짝 놀랐다. 그가 직접 마시지는 않더라도 강인규가 마시는 이상 옆에서 지켜봐야 하지 않는가.

"왜 나오냐니. 나도 마시라고?"

"막는 방법 가르쳐 줬잖아? 저렇게 내버려 둬도 괜찮은 거야?"

"괜찮아. 여기서 지켜보고 있을 거거든."

수현이 나온 이유는 연기를 마시기 싫어서가 아니었다. 강인규가 도중에 각성했을 경우, 그가 무차별로 저주를 난사할지도 몰랐기 때문이었다.

어지간해서는 수현이 겁을 내지는 않았지만, 좁은 공간에서 걸려오는 저주는 피할 방법이 없었다.

시전자를 죽이거나 해야 하는데 그럴 수도 없는 상황. 괜히 저주에 걸려서 고생하는 건 사양이었다.

저주는 초능력 중에서도 메커니즘이 상당히 복잡한 초능력이었고, 수현도 이야기로만 들어봤기에 어떤 일이 일어날지는 확신하지 못했다.

"으…… 어……."

강인규는 앉은 채로 사지를 벌벌 떨기 시작했다. 입가에서는 침이 흘러나왔고, 눈에는 벌써 흰자위가 보이기 시작했다.

"저거 괜찮은 거 맞아?"

"응. 원래 저렇게 돼."

"흠……."

수현은 턱을 쓰다듬으며 강인규의 상태를 관찰했다. 시간이 꽤나 흘렀다고 생각이 될 때쯤, 강인규가 자리에서 벌떡 일어났다.

"……!"

쾅!

강인규가 벽에 주먹을 휘두르기 시작했다. 수현이 트레이닝을 시키기는 했지만 그렇다고 그가 바로 수현급의 육체를 가지게 되는 건 아니었다.

"저건 뭐냐?"

"환상 속에서 적을 만난 게 아닐까?"

더 시간이 지나자, 강인규는 주먹을 멈추더니 문으로 시선을 돌렸다. 그러고는 손을 뻗었다. 수현은 순간 그의 손에서 보라색 연기가 피어올랐다가 사라진 걸 본 것 같았다.

"……?"

"어……?"

샤이나가 비틀거렸다. 멀쩡히 서 있던 그녀가 자세를 유지하지 못할 정도로 비틀거렸다.

"왜 그래?"

"갑, 갑자기 다리가……."

'저주다!'

수현은 직감적으로 무슨 일이 일어났는지를 깨달았다. 지금 강인규가 저주를 건 것이다. 그렇지 않다면 샤이나가 갑자기 이런 모습을 보일 리가 없었다.

덜컥!

수현은 문을 열었다. 문밖에 있는 샤이나에게도 저주를 건 이상, 그에게 거는 것도 시간문제였다. 수현이 나타나자 강인규가 홱, 고개를 돌렸다.

'윽.'

강인규의 눈동자는 검게 물들어 있었다. 온갖 경험을 한 수현도 질리게 할 정도로 섬뜩한 분위기였다.

강인규는 손을 뻗어서 수현을 조준하려고 했다.

"손을 뻗는 게 발동 조건인가?"

이성이 있는 상태에서 덤벼도 수현을 이기기 힘든데, 이성을 잃은 상태라면 불가능이나 마찬가지였다. 강인규의 팔은 올라가지도 못하고 단단히 몸 옆에 붙여졌다.

"고생 많았다. 반신반의했는데……."

퍽!

강인규는 간단하게 쓰러졌다. 수현은 그를 들어서 어깨에 올렸다. 의무실에 던져 넣을 생각이었다.

"혼자 일어날 수 있겠어?"

"괜…… 찮……."

"……."

수현은 말없이 샤이나도 부축했다. 상태를 보아하니 균형감각을 건드리는 가벼운 저주에 걸린 것 같았다. 그녀도 초능력자니 잠깐 쉬면 회복할 것이다.

"헉!"

"깼냐?"

강인규는 벌떡 일어나서 주변을 두리번거렸다. 뭔가 끔찍한 악몽을 꾼 느낌이었다.

"몸 상태는 어떻지?"

"예? 괜찮습니다만……."

"뭔가 달라진 느낌은 없나?"

수현의 말에 강인규는 주변을 두리번거리며 생각에 잠겼다.

"그러고 보니, 뭔가 안에서……. 악!"

"손 나한테 뻗지 마라."

강인규가 무의식적으로 수현을 겨누려고 하자 수현은 바로 그의 팔을 꺾었다.

"갈 길이 멀지만, 일단은 축하한다. 초능력자가 됐군."

"네?! 제가요?!"

"그러면 그 느낌이 뭐겠나? 그보다 뭘 본 건지 궁금하군. 아주 날뛰던데."

"아, 기억이 흐릿한데……. 저 때문에 다른 분들이 다 죽는 걸 본 것 같습니다."

"나름 섬뜩하긴 하군."

살짝 의외긴 했다. 가족이나 중요한 사람이 죽는 환상을 볼 것이라고 생각했었는데. 평소 가진 부담이 심했던 모양이었다.

강인규는 아직도 그가 초능력자라는 게 믿어지지 않는지,

손바닥만 쳐다보고 있었다.

"일어서라. 간단히 검사만 하고 신고부터 하자고. 테스트는……."

말을 하던 수현은 잠시 멈췄다. 강인규의 저주를 확인할 곳이 마땅치 않았기 때문이었다. 일단 살아 있는 생물한테 걸어야 하는데, 어떤 효과가 나올지 몰랐으니 대원들 상대로 실험할 수는 없었다.

'만만한 놈 없나? 몬스터 상대로 해야 하나…….'

보통 초능력자는 각성한 순간 자신의 능력을 어떻게 사용하는지 본능적으로 깨닫게 되지만, 그렇지 않은 경우도 종종 있었다.

테스트는 나중에 하더라도, 일단은 신고부터 해둬야 했다. 이제 정부와 정식적으로 같이 일하게 된 상황이니, 괜히 정보를 숨겼다가는 오해받을 수 있었다.

그러나 수현은 한 가지를 놓치고 있었다. 수현은 강인규를 그냥 데리고 온 게 아니었다. 진돗개에서 아티팩트 하나를 받는 대신 강인규를 데리고 온 것이었다.

그런 강인규가 초능력자로 각성을 했다면 소문이 퍼지지 않을 수가 없었다.

“일단 절차는 끝냈으니, 초능력을 좀 단련해 보자. 실전에서 쓰려면 최소한 어떻게 쓰는지는 알아야지. 쓸 수는 있지?”

“네. 그렇지만 어떻게 될지는 저도…….”

수현이야 직접 봤고, 저주라는 것도 알고 있었지만 강인규는 확신을 하지 못했다.

“그건 직접 해보면 아는 거지.”

“누, 누구한테요?”

“마음만 먹으면 평양에서 시비를 걸 수 있는 놈들은 넘치니까……. 아. 샤이나도 데려가는 게 좋겠군.”

수현은 샤이나를 불렀다. 다른 대원들이 쉬는 동안 밖을 돌아다녔지만, 그녀는 거의 밖에 나가지를 않았다. 친구가 없기도 했지만 인간들의 도시에서 다크 엘프가 돌아다녀 봤자 좋은 꼴은 보기 힘든 것이다.

“좋아. 최대한 불량하게 걸어.”

“그, 그런…….”

암시장 쪽 골목으로 들어가면 프란조나 그의 친구 같은 인간들을 쉽게 볼 수 있었다. 그런 이들은 일단 보면 시비부터 걸고 시작했다. 게다가 일행에 다크 엘프가 있으면 더더욱.

“나 여기 있어도 돼? 괜히 문제 생기는 거 아냐?”

"문제 생기면 개발계획국이 처리해 줄 테니 걱정하지 말고."

권한을 얻은 지 얼마나 됐다고, 수현은 벌써부터 마음대로 사용하고 있었다.

"뭐야. 다크 엘프잖아?"

"거기 잠깐 서……."

수현은 일격으로 한 명을 무너뜨리고, 바로 이어지는 공격으로 다른 한 명을 벽에 박아버렸다. 마지막 한 명은 놀라서 움직이지도 못했다.

"뭐라고?"

"저, 저는 상관없는 사람입니다."

"상관있어 보이는데?"

"아닙니다! 오늘 처음 본 놈들이에요!"

수현한테 얻어맞은 두 명은 꿈틀거리면서 입도 열지 못했다. 덕분에 멀쩡한 놈만 입을 놀릴 수 있었다.

"뭐, 됐고. 걸어봐."

"예?"

"해봐. 해봐야 알지."

강인규는 수현의 말에 눈을 질끈 감고 저주를 걸었다. 손에 보라색 연기가 피어오르더니, 앞의 남자가 바닥에서 구르기 시작했다.

"컥! 커헉!"

"멈출 수는 있냐?"

"어……. 네."

"그러면 멈춰봐."

강인규가 멈추자, 남자는 비명을 멈췄다. 그는 눈물 고인 눈으로 수현을 올려다보았다.

"방금 어땠냐?"

"네……?"

"방금 어땠냐고. 내 말 안 들려? 다시 해줘?"

"아, 아닙니다. 배가 정말 아팠는데요……."

남자는 잔뜩 겁에 질려서 주절주절 털어놓기 시작했다.

"복통……. 흠. 너도 일어서봐."

수현은 바닥에서 꿈틀거리던 남자를 일으켜 세웠다.

"걸어."

두 번째는 첫 번째보다 더 망설이지 않고 걸었다.

"끄허억?!"

몇 번의 반복적인 테스트. 시비를 걸어온 놈들이 눈물과 콧물을 질질 흘릴 때쯤이 되자 수현은 결과를 정리할 수 있었다.

"정말……. 규칙성이 없군."

"죄, 죄송합니다."

"아니, 죄송할 건 없고. 초능력만으로도 충분하니까……."

복통, 균형 감각, 체력 약화, 불운, 초능력에 대한 저항력 약화 등 온갖 다양한 현상은 다 일어나고 있었다. 무작위로 일어난다는 게 가장 큰 문제였다.

"뭐……. 일단은 연습하라고. 통제할 수 있을지는 모르겠지만."

"네……."

초능력자로 각성했지만 강인규는 여전히 자신이 없어 보였다. 보통 초능력자로 각성하면 대부분 어깨에 힘이 들어가는 것과는 대조적인 모습이었다.

'오만한 것보다는 낫지.'

"신기한 능력이네. 저런 능력은 처음 봐."

강인규가 휴식을 위해 돌아가자 샤이나가 입을 열었다.

"저주가 독특한 계열의 능력이긴 해. 그만큼 어렵기도 하고……."

희귀한 초능력은 양날의 검이었다. 그만큼 가치가 높을 수도 있지만, 동시에 사용자도 정보를 얻기가 힘든 것이다. 화염 계열 능력 같은 경우는 관련된 정보가 상당히 많이 축적된 상태였다.

"결국 저런 건 당사자가 감을 잡아줘야 하는데 말이지."

"그럴 수 있을 것 같아?"

"몰라. 안 되면 안 되는 대로 써야지. 내가 지금 사람 가릴

처지도 아니고.”

초능력자로 각성시킨 것만 해도 절반의 성공이었다. 랜덤이라는 점이 걸리긴 했지만 일단 사용은 가능했다. 게다가 미래에는 저주술사라는 이름으로 불릴 정도였으니 성장에는 기대가 갔다.

“수현아.”

“아. 강인규 때문에 오셨습니까?”

“뭐? 아니, 강인규가 뭐라도 했나?”

“아직 보고를 못 들으셨나? 초능력자로 각성했습니다. 절차는 다 제가 끝냈으니 신경 쓸 필요 없고요.”

“뭐?!?!?!?!”

“그래서, 강인규가 아니면 왜 오신 겁니까?”

대원 중 한 명이 각성했다는 걸 무슨 지나가는 이야기처럼 끝낸 수현 때문에 당황했지만, 조승현은 정신을 차리고 그가 온 이유를 말했다.

“개발계획국에서 너를 찾더라. 말할 게 있나 봐.”

“직접 부르는 걸 보니 꽤나 은밀한 이야기인가 봅니다?”

‘그럴 만한 게 있나?’

수현은 자리에서 일어서며 속으로 의문을 품었다. 지금 상황에서 개발계획국이 수현에게 이런 식으로 말할 게 있었나 싶은 것이다.

“아니, 그보다! 강인규는 어떻게 된 거야?!”

“쉬고 있을 테니 직접 물어보십쇼. 그게 빠를 테니. 저는 잠깐 갔다 오겠습니다.”

“야!”

“우선 축하드립니다. 대원 중 한 분이 새로 초능력자로 추가되셨다고요?”

“아. 네.”

“진돗개에서 데리고 오신 대원이고요?”

“그렇죠?”

“……김수현 씨. 오해하지 말고 들어주십시오. 이건 강요가 아닙니다만……. 정부는 충분히 지급할 능력이 있습니다.”

“……?”

수현은 이원재가 무슨 소리를 하는지 이해가 가지 않았다.

“무슨 소리입니까?”

“김창식 대원, 거기에 외부에서 데려온 강인규 대원까지……. 혹시 초능력 각성에 대해 뭔가 알고 계신 것 아닙니까? 각성의 요령이나, 그도 아니라면……. 구분하는 요령이라도…….”

“……!”

수현은 그제야 그가 무슨 오해를 받고 있는지 깨달았다.

‘이런 젠장……!’

초능력자를 빠르고 많이 모으는 것에만 집중하다 보니, 그가 데리고 온 이들이 전부 초능력자로 각성했을 때 받을 인식을 놓치고 있었다.

“오해입니다. 김창식이나 강인규가 각성한 건 순전히 우연이었고요.”

“그렇습니까?”

이원재는 일단 수현이 부정하니 그렇다고 넘어갔지만, 전혀 믿는 표정이 아니었다. 수현은 속으로 헛웃음이 나왔다. 이런 오해를 받다니.

‘써먹기 좋긴 하겠군.’

오해치고는 긍정적인 오해였다. 개발계획국에서 이렇게 의심하고 있다면, 나른 곳에도 분명 소문이 퍼질 것이다. 그렇게 된다면…….

‘사기를 치지 않으려고 해도 자꾸 등을 떠밀어주네.’

엉클 조 컴퍼니의 김수현은 초능력자 각성에 대해 무언가 알고 있다. 이런 소문만 퍼져도 사람들은 흔들릴 수밖에 없었다. 그들은 그걸 캐내기 위해 접촉하고 아쉬운 모습을 보일 것이다.

“그나저나, 그것 때문에 부르신 겁니까? 그런 거라면 그냥 일반적인 회선으로 물어보셔도 됐을 텐데요.”

나름 긴장하고 왔더니 정말 쓸데없는 오해였다. 수현은 김이 새는 기분을 느끼며 이원재를 쳐다보았다.

“아. 그건 아닙니다.”

“……?”

이원재는 손을 내저으며 부정했다.

“이건 제가 조금 전에 들어서 물어본 거였고, 부른 건 다른 이유 때문입니다.”

“뭡니까? 이렇게 부르실 정도의 이유가?”

“우선 이 일은 결정 나기 전까지는 외부로 유출하시면 안 됩니다. 팀원들한테도 말씀은 삼가주십시오.”

“알겠습니다.”

“지금, 미국과 협력해서 새로운 도시를 만드는 계획이 물밑에서 오가고 있습니다.”

“……!”

수현은 그 말을 들은 순간 등골이 오싹해짐을 느꼈다. 새로운 도시를 만든다는 계획 때문이 아니었다. 그 계획과 연결되어 있는 것 때문이었다.

‘설마…….’

"장소는요?"

"아직 확정은 아니지만, 에우터프에서 더 남쪽, 드라고니아 분지가 가능성이 큽니다."

이걸로 확실해졌다. 수현은 무의식적으로 침을 삼켰다.

'드래곤 슬레이어 프로젝트……!'

엄청난 인원 손실과 함께, 개발계획국이 운용하던 팀이 모조리 날아가게 되는 사건. 그 사건이 수현의 앞에 찾아와 아가리를 벌리고 있었다.

23장
독공을 향한 머나먼 길(2)

인류가 최초의 차원문 주변에 4개의 도시를 만든 건 많은 행운이 따른 일이었다.

만약 차원문 주변에 다른 지역처럼 몬스터가 들끓었다면 인류는 아직도 대규모 도시를 만들지 못했을 수도 있었다.

그렇듯 카메론 행성에서 새로운 도시를 만드는 건 만만한 일이 아니었다. 먼저 적합한 환경의 지형이 필요했다. 그 환경에서 가장 중요한 건 몬스터의 출현 유무였다.

절대적인 법칙은 아니지만, 강한 몬스터일수록 차지하는 영역이 넓었다. 반대로 생각하면 강한 몬스터 하나만 있는 곳에서 놈을 처치한다면 그 영역은 안전한 곳이 된다는 뜻이었다.

몬스터가 강하면 강할수록 주변의 몬스터 숫자는 줄어들고 안전해졌다.

그런 관점에서 생각한다면 드래곤은 완벽한 몬스터였다.

거대한 땅을 혼자서 차지하고, 다른 몬스터의 접근을 허용하지 않는 영역형 몬스터. 드래곤만 잡는다면 그 주변의 대지가 열리는 것이다.

문제는…….

'현재 인류가 드래곤을 잡을 수 있느냐, 지.'

수현은 저번 생에 비해 비교할 수 없을 정도로 강해졌지만, 여전히 드래곤을 상대로는 싸울 생각이 들지 않았다. 드래곤은 그만큼 강력한 몬스터였다.

'대체 왜 이렇게 빨리…….'

수현의 머리가 돌아가는 소리가 들릴 것 같았다. 그 정도로 수현은 지금 빠르게 머리를 굴리고 있었다. 드래곤 슬레이어 프로젝트는 지금 의견이 나올 프로젝트가 아니었다. 시간이 훨씬 더 지나서 나왔어야 했다.

'설마?!'

수현은 무언가 떠오르는 게 있었다. 카크리타 계곡. 원래 수현의 팀이 해결하지 않았으면 훨씬 더 이후에나 해결되었을 문제였다.

예전의 드래곤 슬레이어 프로젝트는 카크리타 계곡이 아

닌 다른 곳으로 우회해서 드라고니아 분지로 이동하려 했었다. 카크리타 계곡이 해결된 이상, 교통 문제는 훨씬 수월해진 것이나 다름없었다.

"김수현 씨? 괜찮으십니까?"

"아. 괜찮습니다. 그보다 드라고니아 분지라니, 거기는 제가 알기로……."

"네. 용의 땅이죠. 적룡. 미국 측에서는 레드 드래곤이라고 하지만요."

개발은 에우터프 지역 위주로 되고 있지만, 소규모 탐험대들은 지금도 꾸준히 미답사 지역으로 향하고 있었다. 드라고니아 분지는 그들의 노력으로 발견된 곳이었다.

드라고니아 분지가 발견되었을 때 사람들은 드래곤이 있다는 것에 주목했지만, 그 이상으로 논의가 발전하지는 않았다.

어차피 돈이 될 만한 곳은 넘쳤는데 굳이 그 밑으로 가서 드래곤을 잡기 위해 목숨을 걸 이유는 없었다.

상대한 적은 없어도 드래곤이 결코 만만한 몬스터가 아니라는 건 놈이 차지한 영역으로 짐작할 수 있었다.

"거기에 도시를 짓는다는 건, 드래곤을 잡는다는 뜻입니까?"

"예. 결정이 난다면 그렇게 되겠죠."

'미치겠군.'

수현은 속으로 혀를 찼다. 과거에는 수현과 상관이 없었지만, 지금은 아주 밀접한 상관이 있었던 것이다.

그걸 알고 있었기 때문에 챙길 걸 다 챙기고 나서 갈라질 생각이었는데, 일정이 생각보다 훨씬 더 앞당겨졌다.

드래곤 슬레이어 프로젝트는 각국이 드래곤을 처치하고 그 땅에 새로운 도시를 건설하기 위해 합심한 프로젝트였다.

당연히 상당한 전력이 투자되었고, 초능력자 군대라고 할 수 있을 정도로 많은 팀이 모였다. 개발계획국이 보유한 팀도 이때 참가했다고 알고 있었다.

그러나 그들은 드래곤을 얕보고 있었다.

인류가 카메론 행성에 진출한 이후로 몬스터는 절대적인 적이 아니었다. 단순히 수지타산이 맞지 않아서 잡지 않는 놈이 있을 뿐이지 인류가 전력을 기울이면 잡지 못하는 놈은 없다고, 모두가 그렇게 생각했던 것이다.

드래곤은 문자 그대로 공격대를 갈아버렸다.

프로젝트에 참여했던 전력 중 멀쩡히 귀환한 전력이 없을 정도로 대참사였다.

덕분에 인류의 차기 계획은 모조리 백지화가 되었고, 개발계획국은 운용하던 팀을 전부 잃어버리게 되었다. 이 손실을 회복하지 못한 정부는 결국 군 소속 특수부대를 신설해서 운용하려 들었다.

어찌 보면 수현의 예전 인생을 결정하는 데 영향을 끼친 사건이었다.

"너무 걱정하지 마십시오. 잡게 된다면 우리 쪽만 단독으로 가지는 않을 테니까요. 각국의 정예 팀부터 시작해서 강력한 지원을 받고 시작할 겁니다."

수현이 입을 다물자 그 태도를 오해했는지 이원재가 부가 설명을 덧붙였다. 그러나 결과를 알고 있는 수현에게는 얼마나 대단한 놈들이 가서 죽느냐로밖에 들리지 않았다.

'아…… X발…….'

공격대가 개처럼 두들겨 맞고 후퇴하기는 했지만, 소득이 없지는 않았다. 드래곤이라는 몬스터에 대해 정보를 얻은 것이다. 그 정보는 이후 두고두고 교육 자료로 활용되었다.

'물리 공격 내성, 초능력 공격 내성, 사용 가능한 초능력 다수……. 그냥 무조건 피하는 게 이득인 놈인데.'

끔찍한 수준의 방어력도 방어력이지만, 드래곤은 몬스터 주제에 마법사의 능력을 가지고 있었다.

다양한 초능력을 구사하는 것이다. 그것도 웬만한 초능력자를 뛰어넘는 강력한 수준으로.

미래에도 드래곤을 잡는 계획은 다시 세워지지 않았다. 그만큼 드래곤의 강력함에 대한 충격이 컸던 것이다.

'무조건 빠져야 한다.'

정부와의 관계가 악화된다고 하더라도 여기서는 빠져야 했다. 괜히 잘못 들어갔다가는 드래고니아를 무덤으로 삼게 될 수도 있었다.

"어쨌든 아직 논의 중인 단계고, 확실하게 결정된 건 아무것도 없지만……. 비밀 유지를 해달라는 이유는 아실 거라 믿습니다. 이런 건 널리 퍼져서 좋을 게 없으니까요. 김수현 씨에게 말씀드리는 건 그만큼 저희가 신뢰를 하고 있기 때문입니다."

'미안하군. 아무리 그래도 이건 절대로 갈 생각이 없다.'

"감사합니다."

지금 이원재가 말하는 건, 드래곤 슬레이어 프로젝트가 시작되었을 경우 한국 정부의 주요 전력 중 하나로 그들이 참가해야 하기 때문이었다.

물론 수현은 스스로 사지에 걸어갈 생각은 조금도 없었다.

"앞으로 진행 상황은 따로 말씀드리겠습니다."

"혹시, 다른 임무 같은 건……."

"아, 그런 건 괜찮습니다. 논의 단계이니 실질적으로 계획을 세우려면 시간이 더 걸릴 것이고, 계획이 나온 다음에 일정을 맞추셔도 되니까 말입니다. 마음 놓고 일하셔도 됩니다."

이원재의 태도를 보아하니 다행히도 아직 시간은 많이 남은 것 같았다. 그러나 안심할 수는 없었다. 수현은 복잡한 마음으로 밖으로 나왔다.

사지나 다름없는 드래곤 슬레이어 프로젝트. 그렇지만 대놓고 거절할 수는 없었다. 적당한 이유를 만들지 못하고 빠진다면 이후 일이 끝나고 나서도 골치가 아파졌다.

'아니, 어떻게든 이익을…….'

하수는 위기 상황을 어떻게든 피하려고만 하지만, 고수는 위기 상황을 오히려 기회로 만들었다. 충격에서 벗어나자 수현은 상황을 조금 더 객관적으로 볼 수 있었다.

어쨌든 몇 가지는 명확해졌다. 서둘러야 한다는 것. 드래곤 슬레이어 프로젝트에 참가하든 참가하지 않든, 이용하든 이용하지 않던 능력을 최대한 올려놓아야 했다.

"그러면 문제를 하나씩 해결해야 하는데 말이지……."

"팀장님, 인규가 각성했다는 게 무슨 소립니까?!"

"샤이나, 가서 설명 좀 해줘."

"왜 나야?!"

"내가 지금 좀 바빠. 가서 설명 좀 해줘."

샤이나는 투덜거리면서도 대원들에게 있었던 일에 대해

설명을 시작했다. 수현이 케시카 관련된 이야기는 하지 말라고 했기에 그 부분은 제외하고서. 그러나 그것만 해도 충분히 놀라운 이야기였다.

대원들이 밖에서 놀라고 있는 동안, 수현은 투명한 구슬을 들고서 빙빙 돌리고 있었다.

'이건 대체 뭘까?'

어지간한 아티팩트는 잡으면 바로 감이 왔다. 몇몇 예외가 있기는 했지만. 수현은 이 구슬이 그런 종류의 아티팩트가 아닌지 의심이 갔다.

'초능력에 간섭할 수 있는 건 아티팩트밖에 없어.'

염동력을 강하게 사용했을 때, 분명 이 구슬 때문에 컨트롤이 흐트러졌었다. 그렇게 본다면 이 구슬은 분명 아티팩트일 가능성이 컸다.

문제는 아무리 해도 수현이 이 구슬을 사용하는 방법을 알 수가 없다는 것이었다.

다시 염동력을 과하게 사용해 봤지만, 구슬은 미동도 하지 않았다. 이렇게 되니 골치가 아파졌다. 분명 가치가 있는 것 같긴 한데, 어떻게 쓰는지 알 수가 없으니.

"팀장님."

"방해하지 말라고 하지 않았었나?"

"아니, 그게 아니라요……. 팀장님을 찾는 사람이 있습니다.”

“누군데?”

수현의 목소리에서 시큰둥함을 느꼈는지, 대원의 목소리는 조심스러웠다.

“서강석이라는데요. 모르는 사람이면 돌려보낼까요?”

“……!”

수현은 자리에서 벌떡 일어섰다.

“들어오라고 해!”

서강석은 덩치에 맞지 않게 조심스러운 태도였다. 그는 고개를 푹 숙인 채 죄인 같은 모습으로 의자에 앉아 있었다.

“죄라도 지었나? 왜 그렇게 죽을상이야?”

“……제가 하려는 게 그렇게 떳떳한 일은 아니잖습니까.”

“개소리. 떳떳하지 않기는 뭐가 떳떳하지 않아? 주원준한테 돈 말고 받은 거 있나?”

“없긴 합니다만…….”

“그러면 돈만 주면 끝인 거지. 마음에 남으면 이자라도 붙여 주라고.”

서강석은 고개를 저었다. 그가 수현의 논리처럼 생각할

수 있는 사람이었다면 애초에 이렇게 고생을 하지 않았을 것이다.

주원준이 그를 무시하고 부려먹었지만, 그가 곤궁한 상황에 있을 때 그에게 손을 내밀어준 건 주원준이었다. 그 은혜는 분명히 존재했다.

"그래서……. 떳떳하지 않은 분께서 여기는 왜 왔나? 마음의 결정을 하고 온 거였으면 좋겠는데. 설마 여기 와서 그냥 감사 인사만 하고 다시 돌아가지는 않겠지? 내가 아무리 관대하다지만 그건 좀 혈압이 오를 것 같아."

"그런 것 때문에 찾아오지는 않습니다."

서강석은 쓴웃음을 지으며 고개를 저었다.

"그러면 결심은 했나?"

"일단은……."

"무슨 일이 있었나 보군."

"……!"

"놀랄 것도 없지. 그쪽 같은 사람은 어지간해서는 잘 안 움직이니까. 주원준이 뭐라도 하지 않았으면 여기 올 가능성이 작을 거라고 생각했어."

"……."

"더 맞춰볼까? 내가 말하라고 했던 우리 팀의 목적. 제대로 보고 안 했겠지?"

“……!!”

“세상 참 힘들게 살아. 그 정도는 그냥 발하고 가도 됐을 텐데.”

보지도 않고 있었던 일들을 줄줄이 맞히는 수현을 보고, 서강석은 놀라서 입을 다물지 못했다. 어떻게 저렇게 다 맞춘단 말인가?

실제로 그는 수현이 말해준 사실을 올리지 않았다. 그는 임무를 실패했고 일단은 적인 사람에게 정보를 적선 받을 수는 없었기 때문이었다.

그는 결국 정직하게 실패했다고 보고했다. 그 대가로 돌아온 건 주원준의 질책과 폭언이었다.

‘저래서 내가 탐을 내는 거지만.’

“그래서. 다른 건 다 참아도 딸의 목숨을 가지고 협박하는 건 못 참겠던가?”

“……!!!”

과묵한 서강석이었지만, 이건 정말로 참을 수가 없었다.

“혹, 혹시 안에 첩자라도 심어 놓으셨습니까?”

“첩자는 무슨. 보면 답이 나오지. 주원준이 투자해 놓고 느긋하게 기다릴 놈인가? 해준 만큼 나오는 게 없으면 당장에 성질이 나오는 놈이지. 그쪽 협박하려면 뭐가 가장 효과적이겠어? 게다가 그쪽이 여기에 온 걸 보면……. 대충 답이

나오지.”

서강석은 등골에 소름이 돋는 것을 느꼈다. 그도 오기 전에 수현에 대해 조금 찾아봤었다.

젊은 나이에 새로운 팀을 이끌고 활약하는, 전형적인 강한 초능력자 같았다. 강력한 초능력을 무기로 활약하는 초능력자.

그러나 보면 볼수록, 수현은 그런 풋내기와는 거리가 멀었다. 그에게서는 상황을 대국적으로 보고 이끄는 전략가의 모습이 풍겼다.

그가 임무를 실패하자, 주원준은 폭언과 함께 이런 일도 제대로 하지 못한다면 앞으로의 금액 지급은 고민을 해봐야겠다고 말했다.

그 태도는 암석 거인이 처치되었다고 발표가 나오자 더더욱 심해졌다.

“나는 그놈같이 쪼잔하게 굴 생각이 없다. 치료비 갖고 장난? 미친 짓이지. 네가 도움이 되든 안 되든 온다면 꼬박꼬박 통장에 돈을 넣어주마.”

“주제넘지만 한 가지 말씀드려도 되겠습니까?”

“말해봐.”

“저는 가온길의 내부 정보를 팔고 싶지 않습니다.”

말을 하고서 서강석은 눈을 질끈 감았다. 수현이 그를 쫓아낼지도 모른다고 생각한 것이다.

"팔기 싫으면 팔지 마. 누가 팔라고 했나?"

"네?"

"뭔가 착각하고 있군. 내가 가온길의 내부 정보가 필요해서 그쪽을 섭외한 줄 아나?"

"아니었…… 습니까?"

솔직히 그걸 제외하고서는 이유가 생각나지 않았다. 그는 초능력자도 아니었고 가진 건 독과 사냥꾼으로서의 지식이 전부였다. 그건 그렇게 거액을 주고 살 만한 게 아니었다.

"지나치게 자신감이 없군. 가온길의 내부 정보를 팔지 않는 건 네 자유지만, 내 밑에서 일하면서 그렇게 기죽어 있는 모습은 별로 보고 싶지 않아. 최대한 빨리 고치는 게 좋을 거야."

서강석은 약간 혼란스러워졌다.

수현이 거짓말을 하는 것 같지는 않았다. 거기에, 수현이 그 상대로 거짓말을 할 이유가 없었다.

그렇다면 수현은 정말로 그의 능력을 보고 이런 투자를 한 것인가?

'그게 말이 되나?'

돈이 썩어나는 사람이 아니라면……. 주원준은 대놓고 노예처럼 부릴 사람이 필요했고, 원래 예전부터 알던 사이기는 했다.

그렇지만 수현은 그와 얼마 전까지는 모르는 사이 아니었는가. 따로 조사를 했다지만, 서강석은 그에게서 어떤 가치를 발견했을 거라고는 믿기 어려웠다.

"대답이 없군. 고칠 거야, 안 고칠 거야?"

"고, 고치겠습니다."

"좋아. 우리 팀 대원들을 보면 알겠지만, 자신감은 필수적으로 갖고 있으라고. 보면 근거 없이 갖고 있는 놈들도 있어. 그 정도까지는 가지 말고……."

수현은 서류와 함께 전자 카드를 내밀었다.

"이걸 주원준 얼굴에 집어 던지고 와."

"그, 그건……."

"농담이야. 돈을 지불하면 주원준이 어이없어하겠지만 그 이상으로 붙잡지는 않겠지. 나야 얼굴에 던지는 걸 선호하지만 그쪽이 싫다면 강요하지는 않겠어."

"……감사합니다."

서강석은 정말로 돈을 받자 그제야 현실감이 느껴진 것 같았다. 그는 고개를 푹 숙이며 말했다.

"제가 얼마나 도움이 될지는 모르겠지만, 견마지로를 다하겠습니다."

"거창하게 말하는군. 견마지로까지 갈 필요는 없어. 받은 만큼만 충성하라고."

"그 정도라면 견마지로를 다해도 모자랄 것 같습니다만."

서강석은 쓰게 웃었다. 그가 뭘 해야 수현에게 받은 돈만큼의 일을 할 수 있을지 짐작도 가지 않았다.

"그러면……. 새로 들어온 걸 축하해. 앞으로 잘 지내보자고."

"충성을 다하겠습니다."

서강석의 손을 잡고 악수하며, 수현은 고개를 끄덕였다. 이렇게 고민하고 온 이상 그는 절대로 흔들리지 않을 것이다.

"처리해야 할 일이 많을 텐데, 하고 오라고. 사람이 필요하면 붙여 줄 수도 있는데. 지금 딸을 맡기고 있는 병원은 괜찮나?"

"아닙니다. 제가 혼자 할 수 있습니다. 그리고 병원은 괜찮은 곳입니다. 거기 치유 능력자 실력이 좋습니다."

카메론 행성의 초능력자는 보통 현장에서 뛰게 되었다. 물론 그렇지 않은 사람도 있었지만, 일상에서 불을 붙이는 능력이나 얼음을 만들어내는 능력은 크게 의미가 없는 것이다.

그에 비해 현장에서 받을 수 있는 돈은 상상을 초월했으니, 보통은 위험을 감수하고 훈련을 받기 마련이었다.

그러나 치유 능력자 같은 경우는 현장이 아닌 곳에서도 수요가 많았다.

'인생 참 편하게 사는군. 부러울 정도로.'

생각해 보니 수현은 스스로 사서 고생을 하고 있었다. 괜히 얼굴도 모르는 치유 능력자가 부러웠다.

"알겠어. 그러면 그건 알아서 하라고."

"그런데……. 실례가 되지 않는다면 그게 뭔지 물어봐도 되겠습니까?"

"너무 예의를 갖춰서 물어볼 필요는 없어. 같이 일하게 된 이상 궁금하면 그냥 물어보라고."

다른 대원들이었다면 바로 수현이 들고 있는 게 뭔지 물어봤을 것이다. 수현은 투명한 구슬을 책상 위에 내려놓으며 말했다.

"나도 몰라서 고민 중이야. 그러고 보니 사냥꾼으로 활동한 적 있었지? 정체를 알 수 없는 물건을 발견하면 보통 어떻게 했나?"

"저라면, 사냥꾼들과 주로 거래하는 상인들이나 다른 사냥꾼들에게 물어봤을 겁니다."

"믿을 만한가?"

"믿을 만하긴 한데, 그쪽도 알고 있지 못할 때가 많으니 실력은 기대하실 게 못 됩니다. 차라리 대형 용병 회사의 데이터베이스나 정부 쪽 데이터베이스가 더 정확할 겁니다."

"그건 벌써 찾아봤지."

이런 식의 특이한 물건이 데이터베이스에 등록이 됐었다면 수현도 알고 있었을 것이다. 민간 쪽에 풀린 게 있을지도 몰라 물어봤는데, 역시 썩 마음에 드는 대답은 나오지 않았다.

"아티팩트는 아닙니까?"

"아티팩트…… 일지도 모르고, 아닐지도 모르고. 여러모로 특이해서 평범한 물건 같은데, 반응을 안 해."

"흠……."

"왜, 뭐 떠오르는 거라도 있나?"

서강석은 구슬을 집으려고 손을 뻗으면서 말했다.

"아뇨, 그냥 딸이 좋아할 것 같다고 생각했습니다만."

"……."

이런 딸바보 자식. 수현은 속으로 그를 욕했다.

"어?"

"또 딸이 좋아할 것 같다고 말할 거면 한 번 더 생각하고 말하는 게 좋을 거다."

"아니, 그게 아니라……. 아티팩트입니다. 이거."

"……?!"

수현은 놀랐지만, 서강석의 말을 부정하지는 않았다. 즉시 실험에 들어갔고, 서강석은 구슬을 사용해 염동력을 보여주었다.

'내 능력이다!'

수현의 염동력은 형태가 정해져 있지 않은, 능력적인 면으로만 보면 최상위에 있는 능력. 그가 그의 초능력을 알아보지 못할 리 없었다.

"이거 좀 어렵군요."

"비초능력자가 초능력을 오래 써서 좋을 것 없다. 확인했으면 내려놓도록."

"예."

방 안의 컵을 염동력으로 조심스럽게 들어 올리던 서강석은 구슬을 내려놓았다. 수현은 구슬을 잡아서 확인했다. 그러나 여전히 반응이 없었다.

"잡는 순간 아티팩트라는 느낌이 왔나?"

"예."

서강석도 아티팩트를 잡아본 적이 있었다. 가온길에 있었으니 아티팩트를 아예 못 봤다면 그게 더 이상했을 것이다. 잡는 순간 어떻게 해야 쓸 수 있는지 직감적으로 알 수 있느

느낌. 이 구슬에서는 그런 게 느껴졌다.

"팀장님께서는 오지 않으십니까?"

"그래. 아무래도……."

몇 가지 가능성이 스쳐 지나갔지만, 지금 짐작 가는 건 하나였다. 수현은 다른 대원들을 불러 실험을 해보았다.

"확실해졌군. 비초능력자만 다룰 수 있다."

만약 수현의 초능력 때문에 구슬을 다룰 수 없는 거였다면, 다른 초능력자들은 다룰 수 있어야 했다. 그러나 다른 초능력자들은 모두 구슬을 다루지 못했다.

"이건 진짜 신기한 물건인데……."

수현은 생각에 잠겼다. 비초능력자만 다룰 수 있다는 특성은, 이 구슬의 다른 특성에 비하면 놀랍지도 않았다.

처음 구슬에서 나온 염동력. 그건 분명 수현의 영향을 받은 것이다. 수현은 이 구슬이 어떤 식으로 능력을 저장하는지 깨달았다.

'가변성 아티팩트라니. 생각지도 못했다.'

초능력을 직격으로 받고 나면 그 초능력을 저장하는 아티팩트로 변하는 것이다. 수현이 갖고 나오기 전까지는 번개 도끼의 초능력을 저장하고 있던 게 분명했다.

놀랍고 신기했지만 어떻게 쓸지는 애매했다.

'김창식의 초능력은 당연히 제외고, 샤이나의 초능력도 그

렇게 큰 매력은 없다. 내 치유 능력이나, 염동력 중 하나를 넣어야 할 것 같은데.'

생각해 보니 염동력도 제외였다. 수현의 염동력은 그 범용성만큼이나 사용하기가 어려웠다.

수현이야 정말 오랜 시간 동안 써왔기에 수족처럼 다룰 수 있었지만, 다른 이들한테 그런 걸 바라는 건 무리였다.

'치유 능력을 담아둬야겠군.'

결정을 내린 수현은 대원들에게 입단속을 시켰다. 다른 건 몰라도 이 아티팩트는 대외적으로 알리고 싶지 않았다. 워낙 성질이 특이했기에 탐을 내는 사람들이 있을 수도 있었다.

굳이 귀찮은 일을 사서 겪을 필요는 없었다.

일 처리를 끝낸 수현은 등을 뒤로 젖히고 발을 책상 위에 올렸다.

'일단 입단속 했고, 서강석 영입했고……. 빼놓은 거 없지? 나머지는 아직 괜찮으니, 지금부터 고민을 해놔야겠군.'

수현이 고민하고 있는 것은 하나였다. 드래곤 슬레이어 프로젝트가 시작되었을 때, 참가하지 않고 도망칠 수 있는 핑계.

'가장 무난한 건 역시 실종이지.'

갈잖은 핑계를 댔다가는 빼고 나서도 서로 감정이 안 좋아질 수 있었다.

드래곤 슬레이어 프로젝트가 실제로 진행된다면, 끝나고 나서 거기에 참가하지 않은 전력들의 가치는 올라가게 되어 있었다. 수현과 엉클 조 컴퍼니 같은 경우는 더더욱.

그렇지만 세상의 일이란 건 언제나 숫자로만 굴러가는 게 아니었다. 만약 엉클 조 컴퍼니가 의도적으로 프로젝트에 빠져서 전력을 보존한 거라는 의심을 받는다면 일이 끝나고 나서 괜한 공격을 받을 수 있었다.

여기서 최선의 선택은, 정말로 어쩔 수 없는 사정으로 참석하지 못하는 것이었다.

그런데 이게 의외로 어려웠다. 현재 수현의 팀은 정부 측으로부터 관리를 받고 있는 팀. 미지의 곳으로 가는 계획을 낸다면 말릴 가능성이 컸다.

'정부 측에서도 허락하고, 그럴듯한 실종의 이유를 붙일 수 있고, 거기에 이익까지 나오면 금상첨화인데…….'

"계십니까?"

"들어와."

들어온 건 서강석이었다.

"배려해 주신 덕분에 일을 다 마치고 돌아왔습니다."

"고생했군. 마침 잘 왔어. 할 이야기가 있었는데."

"예?"

서강석이 앉자 수현은 지금 그가 고민하고 있는 걸 털어놓았다. 처음에는 무덤덤하게 듣던 서강석은 지금 그가 무슨 이야기를 듣고 있는지 깨닫고 기겁했다. 이건 들어온 지 하루도 안 된 사람한테 할 소리가 아니지 않는가.

"왜 그래?"

"그……. 저한테 말해주셔도 되는 이야기입니까?"

"말해줘도 되는 이야기니까 말해주지. 어차피 일 벌어지면 다들 알게 되어 있어. 입 무거운 놈한테는 조금 빨리 말해주는 것뿐이고. 어쨌든, 아이디어 있나?"

수현은 단순히 서강석을 믿고 있어서 물어본 게 아니었다. 사냥꾼들은 용병과 다른 독특한 생태계를 갖고 있었다. 용병과 사냥꾼은 돈이 되는 영역이 달랐기에, 사냥꾼이 용병들이 모르는 걸 알고 있을 수도 있었다.

그렇게 큰 기대를 하지 않고 던진 질문이었지만, 서강석은 의외로 바로 의견을 내놓았다.

"음……. 실종이라면 포슈칸은 어떻습니까?"

"포슈칸? 아메스 평야 동쪽에 있는 거기?"

아메스 평야에서 계속 동쪽으로 가면 포슈칸 지역이 나왔다. 수현이 알기로 거기에는 별다른 게 없었다.

캘커타와 비슷하게 정글지대였지만 캘커타에 비해 발견되는 자원도 적었고, 굳이 거기로 들어가지 않아도 돈이 될 만한 곳은 수두룩했다.

"이유를 말해봐."

"포슈칸 쪽이 그렇게 위험한 곳은 아닙니다만, 실종되어야 한다면 수색대가 들어오지는 못해야 하지 않겠습니까?"

이제 엉클 조 컴퍼니가 실종되면 어지간해서는 수색대가 조직될 것이다.

"그렇지."

"제가 포슈칸을 말씀드린 이유는 독지 때문입니다. 포슈칸에는 카메론에서 손꼽히는 독지(毒地)가 있습니다."

"뭐라고?"

의외의 말을 들은 수현이 자세를 바로잡았다. 독지. 온갖 독을 가진 생물들이 살고 있는 곳. 카메론을 돌아다니다 보면 가끔 그런 곳이 있었다.

대부분은 그런 곳에 들어가길 피했지만, 몇몇 특별한 목적을 가진 사람들은 그런 곳을 찾으려 했다. 그리고 지금 수현은 독지라면 무조건 관심을 가져야 했다.

"포슈칸은 넓고, 아직 발견되지 않은 게 많아서 탐사 자체는 가기 쉬울 겁니다. 게다가 수색대가 온다면 독지 주변에 흔적을 남기고 숨으면 됩니다. 독지까지 들어오지는 않을 테니까요. 실종의 핑계로는 괜찮지 않습니까?"

"……."

수현은 생각에 잠겼다. 확실히 서강석의 의견은 설득력이 있었다. 포슈칸의 새로운 수색을 위한 탐험이라면 정부 측에서도 그다지 거절을 하지 않을 것이다.

포슈칸에 들어간 몇몇 탐험대들의 보고가 있었으니, 엉클 조 컴퍼니 정도면 무사히 돌아올 것이라고 판단할 것이 분명했다.

게다가 독지라니. 지금 독이라면 닥치는 대로 모아야 하는 수현에게는 당장 찾아가고 싶을 정도로 솔깃했다.

그러나…….

'나야 몰라도 다른 놈들은 데려갔다가는 분명히 몇 명 죽어서 나올 텐데.'

보아하니 서강석은 독지 안으로 들어가는 건 생각지 않은 것 같았다. 독지는 그저 실종의 핑계였을 뿐, 실제로 들어가는 건 위험하다고 생각하고 있는 게 분명했다.

그러나 수현은 독지 안으로 들어가야 했다. 독에 허덕이는 상황에서 눈앞에 독지를 두고 가만히 있을 수는 없었다.

그렇다면 역시 혼자 가는 게 쉬웠다.

'드래곤 슬레이어 프로젝트에 빠질 때, 내 실종만으로 충분할까?'

엉클 조 컴퍼니는 수현의 원맨팀이나 다름없었으니 이유로는 충분했지만, 그래도 완벽하게 해두고 싶었다. 돌아왔을 때 팀이 공중분해 되어 있으면 그것만큼 황당한 일은 없을 것이다.

'이건 사장하고 이야기를 해야겠군.'

어차피 다른 대원들에게 미리 이야기는 할 생각이었다. 조승현에게 드래곤 슬레이어 프로젝트가 얼마나 위험한지 말해준다면, 그는 수현이 없다는 이유만으로 충분히 팀을 빼낼 것이다.

"그나저나 용케 그런 곳이 있다는 걸 알고 있군. 어떻게 알게 되었지?"

포슈칸에 독지가 있다는 사실은 수현도 들어본 적 없었다. 애초에 포슈칸은 관심으로부터 비교적 소외된 지역이었던 것이다.

"아버지께서 알려주셨습니다. 가끔 귀한 독이 필요할 때 거기에 들어가셨는데……. 제가 일하기 시작하고 나서는 저를 시키셨습니다."

"그랬군. 만만한 곳은 아닐 텐데, 실력이 괜찮으셨나 보군."

독지까지 가는 과정도 만만치 않았지만, 독지 내에서는 더 위험했다. 자칫 잘못하면 그대로 목숨을 잃을 수도 있었다. 카메론 행성에서는 아직 해독제도 없는 독들이 수두룩했다.

"예. 나름 이름이 있으신 분이었습니다."

"사냥꾼으로 이름이 있다는 건 대단한 거지."

용병들보다 더 적은 단위로, 더 위험한 곳에 돌아다니는 사냥꾼이 이름을 남기려면 치밀할 정도의 조심성과 행운이 필요했다.

"깐깐하신 분이셨습니다. 잔소리도 심하셨고."

"잔소리?"

"독지에 들어갈 때는 특히 더 심하셨죠. 언제나 위험하다고 말을 하셨는데……."

수현은 속으로 쓰게 웃었다. 서강석이야 지금 독지를 변명 정도로 생각하고 추천하고 있는 것이겠지만, 그는 직접 안으로 들어갈 생각이었다. 저런 말을 들으면 기분이 좋을 수가 없었다.

"혹시 독지에 관련된 자료가 있나?"

"아뇨. 따로 정리된 건 없고……. 저도 직접 말로 전해 들은 게 전부입니다. 궁금하신 게 있으시다면 제가 직접 안내해 드리겠습니다."

"일단 자료화부터 하자고. 만약의 경우를 대비해서, 독지 안쪽에서 신경 써야 할 것들도 정리해줘."

"예? 독지 안쪽의 정보는 저도 없습니다."

"뭐?"

"그분도, 저도 독지의 안쪽으로는 들어가지 않았습니다만. 언제나 외곽에서 필요한 독을 구하고 빠져나왔습니다.

독지 안쪽은 들어갈 만한 곳이 아니니까 말입니다."

"……."

젠장. 수현은 속으로 욕설을 내뱉었다. 들어가야 하는 입장에서 점점 섬뜩한 소리만 나오고 있었다.

"그러면 나머지만 일단 되는 대로 정리해. 양식은 알지?"

"예."

"급한 건 아니니까 천천히 해도 된다."

"받은 게 있는데, 이거라도 하지 않으면 언제 다 갚겠습니까?"

그 말에 수현은 대답 대신 피식 웃고서 밖으로 나갔다.

"정부에서 곧 대형 프로젝트가 시작될 겁니다. 그리고 우리는 거기에서 무조건 빠져야 합니다. 어떤 보상을 약속하든 간에 말입니다."

수현은 조승현을 불러서 상황을 설명했다. 정부에서 계획하고 있는 프로젝트와 그가 그 프로젝트를 얼마나 위험하게 보고 있는지를. 수현의 진지한 태도에 조승현의 얼굴도 마찬가지로 굳었다.

"정부 측 사람들도 바보는 아닐 텐데. 그렇게 위험한 일을 하려고 할까?"

"인류는 원래 오만합니다. 덕분에 주기적으로 실수를 하죠. 다른 사람들이 참가하니까 괜찮다고 생각이 되고, 그걸 믿고 참가하고……. 대형 참사는 이럴 때 터집니다."

각국의 연합, 강력한 전력……. 오만해질 수밖에 없었다.

인류는 몬스터를 '잡지 않는'다고 생각했다. '잡지 못하는' 게 아니라. 전력을 기울이면 잡을 수 있지만, 수지타산이 맞지 않아 그냥 내버려 두는 몬스터.

그러나 수현은 반대로 생각했다. 카메론 행성의 주인은 결국 몬스터였다. 몬스터들이 영역에서만 활동하지 않고 적극적으로 돌아다녔다면 인류는 이 정도의 성취도 불가능했을 것이다.

"저를 믿고 따라와 주십시오."

"누구 말이라고 안 믿겠냐. 이제 와서 네가 하는 말을 의심할 생각은 없어."

이제 조승현에게 수현의 말은 거의 지침이나 다름없었다.

"다만 방법이 걱정인데……."

"그렇죠. 어설프게 했다가는 일이 끝나고 나서도 귀찮아질 겁니다. 사람은 원한을 쉽게 잊지 않으니까요."

"말하는 걸 보니까 이미 방법은 다 생각해놨군?"

"뭐, 그렇죠. 가장 먼저 해둬야 하니."

수현은 그가 생각해 둔 방법을 털어놓았다. 조승현은 예상대로 질색하는 반응을 보였다. 하필이면 왜 그런 곳이란 말인가.

"독지? 굳이 거기로 가야 할 이유가 있나?"

"이제 엉클 조 컴퍼니는 어지간한 곳에서는 실종되기 힘듭니다. 수색대가 붙어도 돌려보낼 이유가 필요해요."

"으……."

"게다가 개인적으로도 독지에서 독을 좀 구하고 싶습니다."

"보통 위험한 게 아니니까 그렇지."

조승현은 포기한 투로 말했다. 수현이 하겠다는데 그가 말리는 건 거의 불가능했다.

"사장님께 이렇게 말씀을 드리는 건, 정부의 동향을 미리 파악하는 것 때문입니다. 개발계획국에서 저한테 연락이 오고 나면 이미 늦었을 테니까요. 적어도 1개월 전에는 독지로 떠나서 실종이 되어야 합니다."

"무슨 소리인지 알겠다."

"가능한 라인을 총동원해서 진행 상황을 파악해 주세요. 워낙 거대한 프로젝트라서 정보 통제는 불가능할 겁니다. 이후에 제가 실종되고 나면 제대로 잡아떼야 합니다."

수현이 없어지더라도 엉클 조 컴퍼니는 초능력자들이 있

었다. 개발계획국 측에서는 일부라도 참여시키기를 원할 가능성이 컸다. 그럴 때 팀장이 없어서 절대 무리라고 이유를 댈 수 있는 건 조승현뿐이었다.

"아. 그리고……. 아는 지인한테 미리 말을 돌려두세요. 드래곤 슬레이어 프로젝트에 참가하지 말라고."

"괜찮냐? 그런 짓을 해도?"

"너무 공개적으로 떠들고 다니는 게 아니라면 상관없습니다. 어차피 일이 터지고 나면 그런 거에 신경 쓰지 못할 정도로 정신이 없어질 테니까요."

직접 경험하지 않은 조승현은 얼마나 대참사가 터질지 제대로 짐작을 하지 못하고 있었다.

"알겠다. 참고해 둘게."

프로젝트에는 정부 측의 전력뿐만이 아닌, 민간 전력들도 대거 참여했었다. 새롭게 만들어지는 도시와 거기서 파생되는 이권은 모두가 군침을 흘릴 수밖에 없었던 것이다.

결과는 카메론의 판도가 새로 짜일 정도로 충격적이었지만.

"잠깐만. 아무리 그래도 독지에서 지낼 때 필요한 게 있지 않겠냐? 그런 건 어떻게 해둘 생각이지? 지금부터 미리 숨겨둘까?"

"아뇨. 그 주변이 물자를 숨겨둘 정도로 만만한 곳도 아니고……. 기록이 남을 수도 있으니까요. 다른 방법을 쓸 생각입니다."

"……?"

"가까운 아메스 평야에 아는 엘프들이 있습니다. 필요한 게 있으면 그들한테 부탁하면 될 겁니다."

"그 정도로 친한 사이인가?"

"부탁을 거절하지는 않을 정도죠."

괜히 엉클 조 컴퍼니에서 물자를 들고 가는 위험을 감수하는 것보다는 엘프들을 통하는 게 훨씬 속이 편했다.

게다가 수현은 그들이 수현의 부탁을 거절하지 않을 거라는 확신이 있었다.

드래곤 슬레이어 프로젝트에 대비해 꾸준히 준비를 하고 있는 수현에게 어느 날 연락이 왔다. 비요른의 연락이었다.

"날짜가 결정 났다. 이번 주 주말이다."

"오. 아티팩트는 공개됐나?"

"아니, 끝까지 공개 안 할 것 같더군. 소문만 무성해."

"뭐. 됐어. 직접 가서 보면 되니까."

"저번에도 말했지만……."

"그래. 네 소개로 왔다는 소리는 목에 칼이 들어와도 안 할 테니 걱정하지 말라고."

당일이 되자 수현은 준비를 마쳤다. 이런 일이 처음은 아니었다. 일의 특성상 상대방이 갖고 있는 걸 뺏을 때도 있었다.

'강도질은 또 오랜만이군.'

신분을 숨길 수 있는 간단한 장비들. 클래식하지만 언제나 효과가 좋았다. 몇몇 도둑은 복잡한 도구와 더 복잡한 과정으로 훔치는 걸 선호했지만, 수현은 예나 지금이나 가장 간단한 방법으로 해내는 걸 선호했다.

게다가 이제 초능력까지 완벽해진 상황. 두려워할 게 없었다. 어떻게 빼내느냐가 아닌, 어떻게 꼬리를 안 잡히느냐가 중요했다.

장물을 훔쳤다고 고소는 못 하더라도 충분히 귀찮게는 만들 수 있었으니까.

'가장 편한 건, 내 초능력을 써도 아무도 모른다는 거지.'

염동력으로 안을 다 뒤집어 놓아도, 그걸로 그를 추적하지 못한다는 사실이 수현을 기쁘게 했다. 평소의 편한 차림이 아닌 정장 차림으로 나가려고 하는 수현을 본 샤이나가 귀를 세우며 물었다.

"어디 가는 거야?"

"미안한데. 오늘은 같이 못 가."

"같이 가자고 하지도 않았기든?"

샤이나가 투덜거리며 고개를 돌렸지만 그녀에게는 실망한 기색이 가득해 보였다.

"저번에 말했던 그 암시장 경매 있지? 거기 가려고 하는 거야. 너는 거기서 너무 눈에 띌 테니까."

"아……."

그제야 샤이나는 이유를 이해했다. 확실히 다크 엘프는 그런 곳에서 눈에 띄는 존재였다.

"잠깐만, 왜 눈에 띄면 안 되는데? 설마……."

그녀가 무언가 깨달을 것 같아서 수현은 재빨리 말을 돌렸다.

"그리고 팀원들하고 좀 친하게 지내지그래? 매번 볼 때마다 너만 안에 있는 것 같다?"

"괜한 참견이야."

샤이나가 팀원들과 사이가 안 좋지는 않았다. 임무를 수행할 때 보면 팀워크를 정확하게 맞췄고, 돌출되거나 그런 모습을 보여주지도 않았다.

그러나 사석에서 보면 어딘가 다른 사람들을 대하는 데에 있어서 벽이 느껴졌다.

'다크 엘프니까 어쩔 수 없기는 한데…….'

대원들이 그렇게 모난 놈들도 아니었으니 가능하면 괜찮은 관계를 쌓았으면 하는 게 수현의 바람이었다.

언제나 회사 부지 안에만 있으니 수현이 어디를 가려고 할 때 따라오려는 것 같았다.

"그러면 갔다 올게."

샤이나는 대답 대신 손을 흔들었다.

"초대장을 주십시오."

수현은 얌전히 도장이 찍힌 종이를 내밀었다. 극장으로 보이는 건물 앞에 서 있던 남자는 수현의 종이를 받더니 한쪽 눈에 장비를 끼고 빛을 비춰보았다.

"맞군요. 몸수색을 하겠습니다."

수현은 간단하게 검사대를 통과했다. 당연히 무기는 가져오지 않았다.

"들어가셔도 좋습니다."

"혹시 무슨 아티팩트인지 알 수 있나? 어차피 이제 곧 알게 될 텐데."

"죄송합니다. 그건 금지되어 있습니다."

경비는 예의 바르게 고개를 숙였다. 그러나 그 예의 바름에는 조금도 흔들리지 않을 것 같은 완고함이 드러났다.

'옆구리에 권총 하나 찼고……. 초능력자는 아닌가.'

그 짧은 사이에 수현은 경비의 무장을 빠르게 확인했다. 궁금한 건 이 경매장 안에 초능력자가 몇 명이나 있느냐였다. 아티팩트를 관리하는 만큼 분명 초능력자가 있기는 할 것이다.

수현의 염동력이 최상위권에 위치한 초능력이기는 했지만, 초능력자의 싸움에서 절대적인 건 아니었다.

방심은 자살행위였다. 가장 좋은 건 싸우기 전에 상대방에 대해 미리 파악해 두는 것이었다.

'초능력자를 여기에 두지는 않았겠지.'

"이걸 쓰고 들어가 주십시오."

경비가 내민 건 가면이었다. 참석하는 사람들 중 다른 사람들에게 신분을 알리면 안 되는 사람들도 있었으니 당연한 절차였다.

그러나 수현에게는 웃음만 나왔다. 이건 아주 가져가 달라고 하는 것 아닌가.

안에 들어가자 이미 곳곳에 사람들이 착석해 있었다. 그들은 삼삼오오 모여 이야기를 나누거나, 아니면 다른 사람들과 이야기하고 싶지 않다는 분위기를 풍기며 혼자 앉아 있었다. 수현도 적당히 자리를 잡고 앉았다.

"어디에서 오셨습니까?"

"……?"

옆에 앉은 남자의 질문에 수현은 고개를 돌렸다. 가면을 썼지만 대략적인 건 짐작이 갔다. 살짝 작은 키에, 나이가 조금 있어 보이는 중년 남성이었다.

"먼저 말해주시면 저도 고민해 보죠."

"하하, 그건 좀……."

남자는 크게 기대를 안 했는지, 가식적으로 웃으면서 화제를 돌리려 했다.

'뭐지? 익숙한데.'

수현은 그의 전체적인 겉모습과 목소리에서 어딘가 익숙함을 느꼈다. 언젠가 스쳐 지나가면서 한 번 본 것 같은 사람.

수현의 관찰력은 보통이 아니었다. 이런 식으로 위화감이 들 때면 실제로 관련이 있을 가능성이 컸다.

'정부 측 관계자? 대형 용병 회사?'

남자는 수현을 별달리 경계하지 않는 것 같았다. 그럴 이유가 없었으니까. 그는 스마트폰을 꺼내 어딘가로 메시지를 보냈다.

그리고 수현에게는 원견의 마법이 있었다.

-들어왔습니다. 진행되는 대로 결과 보고하겠습니다.

내용은 별거 없었다. 전형적인 위로 보고하는 내용. 그러나 수현은 그 상대의 이름에 주목했다.

'이정우? 이 자식, 진돗개였나?!'

동명이인일 수도 있었으나, 이정우라는 이름은 가볍게 넘길 수 없었다. 게다가 진돗개 측은 이런 경매에 뛰어들 이유가 충분했다.

엉클 조 컴퍼니에게 아티팩트를 생으로 뜯겼으니까. 보충할 기회가 있다면 어떻게든 보충을 하고 싶을 것이다.

오히려 곤란한 건 수현이었다. 정체를 들킬 경우 귀찮아질 수도 있었다.

수현은 자세를 바로잡고 목소리를 가다듬었다. 다행히 상대는 그의 정체를 짐작하지 못하는 것 같았다.

'좀 더 조심해야겠군.'

수현은 원견으로 경매장의 구조를 파악하기 시작했다. 지금 그가 있는 곳은 원형으로 되어 있는 본 경매장이었다. 뒤로는 손님들이 들어오는 통로가 있었고 앞으로는 이 경매를 주최한 사람들이 들어오는 통로가 있었다.

'초능력자는 저기에 있군.'

케이스 하나를 두고 사방에 배치되어 있는 사람들. 당연히 초능력자일 것이다. 수현은 그들의 얼굴을 기억했다. 일이 벌어지면 가장 먼저 제압해야 했다.

'자, 그러면……. 역시 경매가 끝나고 나가는 때가 좋겠지.'

빠르게 털고 빠져나가면 상대는 제대로 쫓지도 못할 것이다. 수현은 그렇게 생각하며 아티팩트를 확인하려 들었다.

"……?"

그 아티팩트는 수현이 본 적이 있는 아티팩트였다. 수현은 그 주인이 누군지도 알고 있었다.

아티팩트의 이름은 보통 발견자나 소유자가 임시로 짓게 되어 있었다.

수현이 갖고 있는 번개 도끼도 원래 이종족들 사이에서는 그럴듯한 이름을 갖고 있었을 것이다. 대부분은 갖고 있는 초능력에 맞게, 직관적으로 이름을 지었다.

그러나 몇몇 유명한 아티팩트는 이름이 따로 붙었다. 아티팩트의 성능 때문이든, 그 아티팩트를 든 사용자가 이뤄낸 일들 때문이든, 이름이 붙은 아티팩트는 그 아티팩트가 범상치 않다는 걸 증명했다.

그리고 이 아티팩트에는 아주 유명한 이름이 있었다.

'어장(魚腸)검……!'

그리 길지 않은 길이의 검. 단검과 장검의 중간 정도 되는 것 같았다. 딱히 특별한 점은 없어 보였지만, 그 진가를 알고 있는 수현은 전율했다.

'미친놈들. 중국 정부한테서 아티팩트를 훔쳐낸 건가?!'

저 아티팩트의 능력은 절삭. 강화 계열에 속하는 절삭 능력이 아주 강하게 걸려 있었다. 훗날 중국의 리우 신이라는 초능력자가 저 어장검과 함께 악명을 떨쳤다.

상황을 따져봤을 때, 저건 중국 측이 계속 갖고 있었던 물건일 가능성이 컸다. 그게 어떤 경유로 다른 자의 손에 들어갔고, 그는 그 물건을 처분하기 위해 한국 쪽 도시로 온 것이다.

'대단하다. 대단해.'

수틀리면 중국군과 정면대결도 심심찮게 하던 수현이 할 소리는 아니었지만, 수현은 진심으로 감탄했다. 아무리 돈이 좋다지만 중국 정부 측에서 관리하는 아티팩트를 빼돌리다니. 정말 목숨을 건 짓이었다.

아무리 정보 통제를 하더라도 오늘이 지나면 어떤 아티팩트가 나왔는지는 정보가 새어 나가게 되어 있었고, 정보를 얻는 순간 중국 정부는 득달같이 달려들 것이다. 주최 측은 죽기 싫으면 도망쳐야 했다.

미래를 봤을 때 저 어장검은 결국 다시 중국의 손으로 돌아가게 될 것이 분명했다.

수현만 없었다면.

'미안하지만 어장검이라면 절대 놓칠 수 없다.'

리우 신의 애병이라는 것도 그렇지만, 어장검에는 숨겨진 비밀이 하나 더 있었다.

그것 때문에 수현은 죽을 뻔했었다. 그걸 알고 있는 만큼 양보할 수는 없었다.

이곳을 피로 물들이더라도 가져갈 것이다.

수현은 손이 꿈틀거리는 걸 참으며 기다렸다. 아무리 만만하더라도 방심해서는 안 됐다. 수현은 머릿속으로 끊임없이 시뮬레이션했다.

어떤 식으로 훔치고 어떤 식으로 가지고 나갈지를.

'기다린다. 그보다……. 주최 측도 꽤나 노골적이군. 걸린 게 있다 이건가.'

수현은 등 뒤에서 미세한 살기를 느꼈다. 아무리 기척을 숨긴다고 하더라도 수현의 감각을 속일 수는 없었다.

저격수였다. 주최 측이 미리 배치를 해놓은 게 분명했다.

초능력자라고 하더라도 사각에서 날아오는 저격을 바로 막아낼 수 있는 초능력자는 극소수에 불과했다. 머리가 날아가면 초능력자도 끝이었다.

만약의 사태가 벌어지면 위에 숨어 있는 저격수가 소란을 일으킨 자의 머리를 그대로 날려 버릴 것이다. 이 경매는 그만한 가치가 있는 경매였다.

"자, 여러분. 오래 기다리셨습니다!"

가면을 쓴 사회자가 인사와 함께 등장하자 기계적인 박수소리가 산발적으로 튀어나왔다. 누구도 사회자의 농담 따위에는 관심이 없었다. 여기 있는 이들은 모두 아티팩트에 관심이 있어서 온 이들이었다.

"첫 번째는, 드워프 조각품입니다! 북쪽 대지의 드워프들! 알다시피 러시아, 중국 때문에 북쪽의 물건들은 흔히 볼 수가 없습니다. 3천만 원부터 시작하겠습니다."

"하암."

수현의 옆에 앉은 남자는 노골적으로 하품을 했다. 모두가 알고 있었다. 지금 하고 있는 것들이 아티팩트를 띄워주기 위한 준비 단계라는 걸.

"암시장치고는 너무 심심한데."

"어쩔 수 없지. 아티팩트를 보러 온 거니까."

공식적인 경매가 아닌, 암시장에서 일어나는 경매는 판매되는 물건의 폭이 훨씬 넓다는 게 장점이었다.

존재하는 모든 걸 팔 수 있는 곳이 여기였다.

그러나 오늘의 물건들은 상식적인 물건들이었고, 덕분에 별로 경쟁도 없이 넘어가거나 바로 낙찰되었다. 수현은 다른 참가자들이 낮게 수군거리는 걸 들을 수 있었다.

"자, 그러면 마지막으로……."

"……!"

모두의 눈이 번쩍 뜨였다. 그 시선을 즐기듯이, 사회자는 점잔을 빼며 손짓했다. 뒤에서 무장한 남자들이 케이스 안에 전시된 검을 끌고 나왔다.

"검 타입 아티팩트다. 확인해 봐."

"무슨 계열 능력이지?"

사람들의 손이 분주해졌다. 여기 온 사람들은 눈치 없는 사람들이 아니었다. 당연히 장물의 위험성을 짐작하고 있었다. 그들이 찾고 있는 건 어느 곳에서 나온 장물이냐였다. 그걸 알아야 위험과 이익을 비교해서 결정을 내릴 수 있었다.

'정보는 안 나오겠지.'

중국 정부는 아티팩트 정보를 엄중히 관리했다. 거의 편집증적으로 느껴질 정도로. 여기 있는 이들이 바로 알아낼 정도로 중국 정부는 만만하지 않았다.

"오래 기다리셨습니다. 아티팩트입니다."

"무슨 능력입니까?"

그 질문이 나오기를 기다렸다는 듯이, 사회자는 말과 함께 케이스에서 검을 빼 들었다. 그리고 굵직한 바위 앞에 섰다.

서걱!

일격에 두꺼운 바위가 잘려나갔다. 누군가의 입에서 나지막한 탄성이 새어 나왔다.

-절삭 계열, 최소 A급 이상.

각자 연결되어 있는 곳에 빠르게 정보를 보고하고 있었다. 수현은 느긋한 시선으로 상황을 관찰했다.

"워낙 귀한 물건이고, 가치를 매길 수 없는 물건입니다. 이걸 가지고 가게 될 행운의……."

팍!

"……?!"

갑자기 경매장 안의 불이 꺼졌다. 그것도 동시에 모두. 다른 사람들이 당황해서 두리번거릴 때 수현은 바로 상황을 파악할 수 있었다.

그 말고 다른 사람도 아티팩트를 노리고 있었던 것이다!

'젠장. 설마 했는데.'

물건이 물건이다 보니 이런 상황도 가능할 거라고 생각은 해뒀지만, 실제로 일어나니 입맛이 썼다.

변수가 많아지면 일이 귀찮아졌다. 낙찰받을 때를 노려 바로 아티팩트를 가지고 나갈 생각이었는데…….

'그보다 용케 불을 껐군. 감시가 보통이 아니었는데.'

수현이야 어차피 정면 승부가 가능했고, 원견으로 빈틈을 노릴 수 있었으니 굳이 전원을 내리는 것에 집착하지 않았다. 주최 측의 경비가 철통같기도 했기에 굳이 힘을 뺄 필요가 없었던 것이다.

그러나 지금 안은 칠흑 같은 어둠으로 가득 차 있었다. 누군지는 몰라도 꽤나 뛰어난 솜씨였다.

“모두 움직이지 마! 움직이는 놈은 불순한 의도가 있는 걸로 알겠다!”

예상 밖의 상황에 당황한 주최 측은 가식을 벗어 던지고 사납게 외쳤다. 지금 그들에게 있어서 아티팩트는 생명이나 다름없었다. 그걸 지키기 위해서라면 사람 목숨 한둘 정도는 하찮았다.

“불 켜!”

“전원이 안 들어옵니다!”

“이런 젠장…….”

각자 갖고 있던 전자장비도 모두 먹통이었다. 수현은 침입자가 소형 EMP를 터뜨렸다는 걸 깨달았다.

화르륵-

벽에 붙은 장식에 불이 붙었다. 초능력자 중 한 명이 불을 붙인 것이다. 임시방편이었지만 꽤나 뛰어난 판단이었다. 덕분에 케이스 주변으로 시야가 드러났다.

사회자는 어장검을 들고 황급히 주변을 두리번거렸다. 그가 소리친 덕분인지, 참가자들은 모두 자리에 앉아 있었다. 그러나 안심할 수는 없었다. 방금 정전은 절대로 우연이 아니었다.

누군가 그의 아티팩트를 노리고 있었다!

"너. 너. 내 옆에 서. 누군가 접근하면 바로 죽여 버려!"

"예!"

궁지에 몰린 쥐 같았다. 그는 눈에 핏발을 세우며 두리번거렸다. 방금까지 여유 있게 물건들을 소개하던 사람이라고는 상상할 수 없는 모습이었다.

'자, 어떻게 할 거지, 침입자 양반?'

지금 이 자리에서 가장 침착한 사람은 수현이었다. 아직 어장검이 사라지지 않았다는 걸 깨달은 수현은 느긋한 마음으로 침입자의 다음 수를 기다렸다.

EMP를 터뜨렸을 때 저런 식으로 바로 시야를 확보할 거라고는 예상하지 못했을 것이다. 후퇴할 것인가, 아니면 다시 다른 방법으로 공격할 것인가?

침입자는 그 모든 예상을 깨고 허공에서 나타났다.

'텔레포터!'

초능력 중에서도 희귀하고 독특한 능력으로 손꼽히는 초능력. 침입자는 순간이동 능력자였다.

수현은 침입자가 어떻게 그 철통같은 방비를 뚫고 EMP를 터뜨렸는지 알 수 있었다.

침입자는 검은색을 좋아하는지 온통 검은색으로 맞춰 입

고 있었다. 검은색 복면에 검은색 상하의. 허공에서 나타난 침입자는 바로 물을 던져 벽에 붙은 불을 꺼버렸다.

다시 어둡게 변한 시야. 그러나 침입자는 이미 어장검의 위치를 확인한 상태였다.

'잘 받아갈게.'

다시 한 번 순간이동. 사회자는 극도로 당황해서 뒤에 나타났다는 걸 깨닫지도 못했다. 침입자는 사회자의 목에 마취 주사를 박아 넣었다.

"억……!"

침입자는 쓰러지는 사회자의 손에서 어장검을 빼내려 했다. 그러나 그 손은 허공을 갈랐다.

"……?"

안은 어두웠지만 그녀는 야간투시경을 끼고 있었다. 그녀는 눈을 깜박거리며 사회자의 손을 다시 확인했다. 어장검을 들고 있어야 할 손이 비어 있었다.

"……!"

그제야 그녀는 어장검이 어디로 간지 깨달았다. 좌석에 앉아 있는 사람 중 한 명이 어장검을 손에 들고 있었다.

'어떻게?!'

그녀는 수현과 시선이 마주쳤다. 가면 때문에 수현의 얼굴을 볼 수 없음에도 불구하고, 그녀는 시선이 마주친 순간 수현이 씩 웃은 걸 본 것 같았다.

탕! 탕! 탕!

"으아악!"

"사람 살려!"

침입자 덕분에 일이 쉬워졌다. 수현은 침입자가 허공에서 나타나 불을 끄고 시선을 모으는 사이 어장검을 염동력으로 가져왔다. 그리고 초능력자들을 전부 쓰러뜨렸다.

남은 건 총을 들고 소란을 만드는 것이었다. 주최 측의 엄포로 앉아 있는 사람들이었지만, 어둠 속에서 총성이 터지고 비명이 들리는 상황에도 가만히 앉아 있을 수는 없었다.

수현이 가짜로 내뱉은 외침에 사람들은 팽팽히 당겨진 실이 끊어진 것처럼 움직이기 시작했다.

"어, 어……."

명령을 내려야 할 사회자는 기절한 상황. 게다가 다른 초능력자들도 전부 쓰러져 있었다. 경비들은 사람들이 몰려나오는 걸 막지 못하고 허둥지둥 밀려났다.

그 틈을 타 수현은 느긋하게 빠져나올 수 있었다. 사방팔방으로 흩어지는 사람들 틈에 섞여서 거리를 벌린 수현은 헛웃음을 터뜨렸다. 이건 다른 도둑에게 고마워해야 할 지경이었다. 일을 이렇게 쉽게 풀어주다니.

게다가 오늘 일을 들은 세력들은 범인을 순간이동 능력자라고 생각하고 찾을 것이 분명했다.

"잠깐. 거기 멈춰."

"고맙게 됐어. 이건 내가 잘 쓸게."

골목으로 들어가자마자 뒤에서 목소리가 들렸다. 수현은 태연하게 대답했다.

"고마우면 그냥 넘겨주지그래? 솔직히 너무 양심 없는 거 아닌가? 내가 만든 판에 들어와서 가지고 나가다니."

"도둑한테 양심 없냐는 소리를 듣는 건 둘째 치고, 애초에 나도 노리고 있었어. 내 판에 들어와서 물 흐린 건 너라고. 도움이 되었으니 그냥 넘어가 주는 거야. 방해라도 했으면 이렇게 안 넘어가."

얼굴에 철판이라도 깐 것처럼 뻔뻔하게 나오는 수현의 태도에 침입자는 기가 막혀오는 걸 느꼈다.

"좋게 말해줄 때 양보를 하는 게 좋을걸? 내 능력을 못 본 건가?"

"봤지. 순간이동."

"지금이라도 이 칼을 그쪽 목에 넣어줄 수 있어."

"사람을 너무 물로 보는군. 할 수 있으면 해봐."

수현의 태연한 태도에, 침입자는 수현이 순간이동 초능력에 대해 알고 있다는 걸 깨달았다. 칼을 순간이동해서 바로 수현의 목에 넣는 건 능력상 불가능했던 것이다.

'쉽게 가는 건 무리인가…….'

생각과 함께 침입자는 움직였다. 나이프를 빠르게 던지고 허공에서 텔레포트 시켜 수현의 시선을 어지럽히려 했다.

"공격에 살기가 부족하군."

'어떻게?!'

뒤에 눈이라도 달린 것처럼, 태연하게 피하고 막아낸 다음 그녀를 조준해 오는 수현의 모습에 그녀는 경악했다. 게다가 수현은 아직 안에서 썼던 가면을 벗지도 않은 상태였다. 그 좁은 시야로 공격을 피해내다니.

쉭!

방금까지 그녀가 있던 자리에 총탄이 박혔다. 수현은 피식 웃으며 뒤에 발차기를 날렸다.

퍽!

"커헉?!"

"상대방의 뒤로 순간이동하는 건 텔레포터의 안 좋은 습관이지."

공격을 피하고 반격하면 순간이동으로 뒤를 점하려 할 것이라고 예측한 수현의 판단은 정확했다. 제대로 얻어맞은 침입자는 뒤로 나뒹굴었다.

"도둑질을 하면서 살인은 겁내는 건가? 재미있군."

'이, 건방진 인간 놈……!'

루이릴은 속으로 이를 갈았다. 이렇게 일방적으로 당한 건 처음이었다.

순간이동 능력자인 그녀 앞에서 상대는 언제나 호흡을 잃고 혼란에 빠졌던 것이다.

'다시 순간이동을……!'

그녀는 비틀거리며 순간이동을 시도했지만, 순간이동이 되지 않았다.

"좌표가 잘 안 잡히지?"

혼동의 반지로 상대의 움직임을 한순간 막았다. 순간이동은 좌표 계산이 바로 되지 않으면 발동 자체가 되지 않았다. 수현은 바로 루이릴의 목을 잡고 벽에 박아버렸다.

"순간이동 하려고 하지 마라. 이 거리에서라면 능력 발동보다 내가 목 부러뜨리는 게 더 빠르니까."

24장
독공을 향한 머나먼 길(3)

수현은 말과 동시에 침입자의 복면을 벗겼다.

"엘프?"

"컥, 커헉!"

엘프는 숨이 막혀서 고통스러운 신음 소리를 내뱉었다. 아름다운 이목구비였지만, 수현이 그런 걸 신경 쓰는 사람은 아니었다.

'뭐지?'

어딘가 낯이 익었다. 백금색 단발과, 녹색 눈동자. 닮은 사람을 어디선가 본 것 같았다. 호기심이 들었지만 수현은 일단 가장 급한 질문부터 먼저 던졌다.

"얼굴 확인했다. 무슨 뜻인지 알지? 귀찮게 만들려면 얼마든지 귀찮게 만들어줄 수 있다는 뜻이야.”

“…….”

인류의 도시에 들어와서 활동하는 이종족들은 데이터가 남아 있을 수밖에 없었다. 수현 정도라면 얼굴로 누군지 찾을 수 있었다.

그러나 엘프는 비웃음만 흘릴 뿐이었다.

“몰래 들어왔나? 재주가 비상하군.”

“……!”

눈앞의 엘프가 신상이 밝혀지는 걸 전혀 두려워하지 않자 수현은 그녀가 어떤 식으로 들어왔는지를 짐작했다. 텔레포터라면 몰래 들어오는 것 정도는 식은 죽 먹기였을 것이다.

“뭐…… 상관없다. 난 이유만 들으면 되거든. 여기는 어떻게 알고 왔지?”

“너랑 똑같은 것 때문에.”

“그렇군. 정보는 어디서?”

“…….”

“정보는 어디서?”

표정 하나 변하지 않고 손에 힘을 주는 수현의 모습에 루이릴은 침을 삼켰다.

온갖 인간들과 이종족들을 만나본 그녀였지만 지금 수현처럼 조용한 위압감을 풍기는 사람은 처음이었다.

"베이징, 에서……."

고통과 위압감 때문에 스스로도 모르게 말이 나왔다.

"베이징?"

카메론 행성에서 말하는 베이징은 지구의 베이징이 아닌, 카메론 행성에 진출한 중국의 도시였다. 거기서 정보가 나오다니.

"역시 중국 측의 장물이었나? 넌 이걸 가지고 나와서 어떻게 하려고 했지? 중국 측의 의뢰를 받았나?"

수현은 질문과 동시에 엘프의 표정을 유심히 살폈다. 만약 중국 측과 선이 닿아 있는 사람이라면 여기서 죽일 생각이었다.

"의뢰, 받은, 적 없어!"

고통 때문에 목소리가 갈라져 나왔다. 수현은 직감적으로 그녀가 거짓말을 하지 않았다는 걸 알았다.

"그러면 왜? 돈이 필요한가?"

"그냥 흥미가 있었을 뿐……!"

의외의 대답이었다. 돈이나 의뢰 때문이 아닌 아티팩트에 대한 수집 욕구 때문에 이런 짓을 저질렀다니.

물론 아티팩트는 그 자체로도 모을 만한 가치가 있기는 했지만, 카메론 행성에서 이런 직접적인 이유로 아티팩트를 모으는 사람은 드물었다. 대부분 다른 이유를 가지고 있었다.

"거기 멈춰!"

'벌써 쫓아왔나?'

충격에서 벗어난 주최 측이 인원을 푼 게 분명했다. 물론 이렇게 해서 잡는 건 무리였지만, 대낮에 눈 뜨고 아티팩트를 뺏긴 그들은 지금 썩은 동아줄이라도 붙잡아야 했다.

추적자들에게 골목에서 가면을 쓴 채 엘프의 목을 붙잡고 있는 수현의 모습은 노골적으로 수상해 보였다. 그들은 수현의 등을 겨누고 외쳤다.

"양손 어깨 위로 들고 천천히 돌아서! 손가락 하나라도 까딱했다가는 죽는다!"

초능력자가 나타나자 기존의 전투 방식에는 변화가 생겼다. 그중 하나가 이런 식으로 제압하려고 할 때 상대의 움직임을 극히 경계하는 것이었다.

초능력자라고 해도 바로 초능력을 쓸 수 있는 사람은 소수였다. 대부분 능력을 쓰기 전에 동작이나 전조를 보여주기 마련이었다.

그러나 언제나 예외는 있었다.

"……먼저 쐈어야지."

으직!

두 남자가 앞으로 고꾸라졌다. 수현이 염동력으로 강하게 압박한 탓이었다. 일 초도 안 되는 사이, 수현은 두 명을 그대로 제압했다.

"으으……!"

팟!

그 틈을 타, 수현의 손아귀에 잡혀 있던 엘프는 텔레포트로 자리를 벗어났다. 수현도 놀랄 정도로 잽싼 몸놀림이었다.

'혼동을 벌써 풀었나? 대단하군.'

초능력에 대한 저항력이 상당했다. 설마 벌써 벗어나서 활동할 줄은 몰랐는데.

"이 빚은, 언젠가 갚아주도록 하지!"

"별 같잖은 소리를……."

수현은 따라붙으려다가 말았다. 어차피 그의 정체는 밝혀지지 않은 상태였다. 회피에만 전념하는 텔레포터를 쫓는 건 상당히 골치가 아픈 일이었다. 게다가 이 주변에는 아티팩트를 회수하기 위해 눈에 불을 켠 자들이 있었다.

'나도 빠져나가야겠군.'

돌아오고 나서, 수현은 생각에 잠겼다. 처음에는 간단하게 아티팩트만 빼돌려서 나올 생각이었는데, 의외의 사건 때문에 생각할 점이 많아졌다.

'일단 진돗개. 나름 이름 있고 규모 있는 곳인데, 저런 데까지 끼어들었다는 건……. 충격이 좀 컸나 보군.'

어찌 보면 수현 때문이었다. 수현이 그렇게 뜯어내지 않았다면 저런 거래에 뛰어들지 않았을 테니까.

'중국 정부는 사람을 풀겠지.'

그건 상관없었다. 정황상 중국 정부가 추적하게 될 것은 순간이동 능력자였다. 추가로 한다고 해도 염동력 정도까지. 수현한테는 의심이 닿지 않을 것이다.

이제 어장검은 수현의 소유였다.

'그나저나 그 엘프는 좀 신경이 쓰이는데.'

이종족 범죄자를 처음 본 것은 아니었다. 카메론에서는 마음만 먹는다면 이종족 범죄자를 찾아볼 수 있었다. 그렇지만 그 엘프처럼 특이한 사람은 드물었다.

순간이동 능력자라는 것도 특이하기는 했지만, 이유도 특이했다. 보통 이종족 범죄자들은 돈과 관련이 있는 경우가 대부분이었던 것이다. 단순히 아티팩트에 흥미가 있어서 훔치는 도둑이라니.

"네. 김수현입니다. 확인 좀 부탁드립니다."

정부의 직속 팀으로 인정받고 나서 좋은 점은, 정부가 쌓은 데이터베이스에 접근할 수 있다는 점이었다. 수현은 최근 일어난 아티팩트 도난 사건을 찾아보았다.

아티팩트 도난 사건은 보통 크게 알려지지 않았다. 아티팩트를 갖고 있는 사람들이 정보를 숨기는 것도 있지만, 보통 아티팩트를 갖고 있을 정도면 알아서 찾을 정도의 힘이 있었다. 굳이 시끄럽게 알려가면서 찾을 이유가 없었다.

그러나 세상에 완벽한 비밀은 없는 법. 정부는 언제나 국내에서 돌아다니는 아티팩트에 신경을 기울였다.

아티팩트를 사용한 범죄가 일어나든, 만약의 경우 아티팩트 사용자에게 협조를 요청하든, 모두 다 사전에 정보가 있어야 가능한 일이었다.

그런 절차 덕분에 아티팩트 도난 사건도 정부의 정보망에 들어갔다. 당사자들도 몰랐지만 정부는 그런 걸 기록해 두고 있었던 것이다.

'세상에. 이런 게 왜 안 알려졌었지?'

특징 위주로 사건을 찾던 수현은 놀랐다. 그 엘프가 말하는 걸 봤을 때, 한두 번 한 것 같은 솜씨가 아니었기 때문에 혹시나 싶어서 사건을 찾아본 것이었다. 그런데 결과는 예상 밖이었다.

'확실히 의심 가는 건만 네 건. 여기에 안 잡힌 것까지 추가하고, 타국의 도시까지 추가하면……. 미친. 대체 아티팩트를 얼마나 훔친 거야?'

철통같은 보안망에서 연기처럼 사라진 아티팩트. 각자 의심 갈 곳이 많았기에 동일범의 소행이라고 엮이지는 않은 모양이었다. 수현은 전율을 느꼈다.

어떤 방법을 써서든 간에 아티팩트를 구하고 싶은 수현에게 있어서 이 엘프는 보물창고의 열쇠처럼 느껴졌다.

'거기서 붙잡았어야 했나?'

그렇게 도망친 이상 다시 만나기는 쉽지 않을 것이다. 회피와 도망에 최적화된 능력이었으니까.

'조금 이상하군. 왜 이 정도 되는 초능력자를 내가 들어본 적이 없지?'

아무리 스스로 관리를 한다고 하더라도 결국에는 흔적이 남았다. 게다가 이번 일에서 보여준 엘프의 방식에서 수현은 그녀가 어떤 성격인지 알 수 있었다.

자신감이 넘치고 스스로의 능력에 대한 자부심이 확고한 성격. 그렇지 않다면 저런 식으로 정면 돌파하지 못했다.

이런 성격은 어떻게든 알려지게 되어 있었다. 잡히지는 않더라도 '이런 초능력자가 요즘 유명하더라' 같은 식으로.

그러나 수현은 저런 식의 순간이동 능력자는 들어본 적도 없었다.

그렇다는 건, 수현이 본격적으로 활동하기 전에 사라졌다는 뜻이었다. 순간, 수현은 무언가 번개처럼 머릿속을 스치고 지나가는 것을 느꼈다.

'설마 중국 측에 잡힌 건가?!'

중국 측은 이미 초능력 상쇄장치를 완성시킨 상황. 그러나 대부분의 사람들은 그걸 알지 못했다. 만약 그 엘프가 그걸 모르는 상태로 중국 측에서 날뛰었다가 함정에라도 걸렸다면…….

'그건 안 돼!'

다른 건 몰라도 적의 전력을 키워줄 수는 없었다. 중국식 고문을 당한다면 숨긴 아티팩트의 위치 정도는 바로 털어놓을 것이다.

"팀장님, 뭐하고 계십니까?"

방법이 없나 고민하고 있던 수현을 부른 건 김동욱이었다. 그뿐만 아니라 다른 대원들도 지친 표정으로 소파에 드러누워 홀로그램 방송을 보고 있었다.

"뭐야. 왜 다들 안에 있지?"

"이런 날도 있어야죠."

대답과 함께 김창식이 속이 거북하다는 표정으로 트림했다. 거리가 있음에도 불구하고 술 냄새가 진하게 났다.

"쉬는 날에 참견하고 싶지는 않지만, 술은 적당히 마시도록."

"하하……. 죄송합니다. 팀장님도 다음에는 같이 가시죠? 좋은 곳을 찾았는데."

"상사하고 같이 마시고 싶나?"

"아. 그건 그렇군요."

"그래서 다들 이렇게 죽어가는 얼굴이었군."

자리에 없는 몇몇을 빼고 다들 숙취로 괴로워하고 있었다.

"자. 다들 한 잔씩 드세요."

"고마워!"

조승아가 쟁반을 들고 오더니 김이 올라오는 차를 모두에게 돌렸다. 정성재는 가장 먼저 들고 마시더니 얼굴을 찡그렸다.

"맛이……."

"숙취 해소에 무슨 맛을 따져요?"

"사장님 따님한테 뭘 시키는 거야?"

수현이 어이없다는 듯이 대원들한테 말하자 조승아가 고개를 저으며 말했다.

"제가 해주는 거예요. 어제 저 따라오느라 다들 고생이 많았으니까."

"……?"

"으…… 재 술 마시는 거 팀장님이 보셔야 해요. 얼마나 센지……."

조승아는 작은 키에, 귀여운 느낌을 주는 이목구비를 가지고 있었다. 그런 그녀가 다른 대원들을 전부 술로 쓰러뜨렸다는 게 믿기지 않았다.

-이번 올림픽의 첫 오크 금메달리스트, 탄자크 선수의 수상 소감을…….

방송에서는 올림픽이 진행 중이었다. 시간이 지났어도 올림픽은 여전히 축제였다. 그렇지만 카메론 행성에서 목숨을 걸고 싸우는 용병들에게 저런 올림픽은 정말로 남의 일이나 다름없었다.

"오크가 금메달을 땄어?"

"대단하네. 저번에 이종족 출전 관련으로 시끄럽지 않았었나."

"고르간, 기분이 어때?"

"기분이 어떠냐니. 저놈이 나가서 딴 것과 내 기분이 무슨 상관이지?"

고르간은 진심으로 이해가 가지 않는다는 듯이 되물었다. 질문을 한 김창식은 무안한 표정을 지었다.

"같은 종족이라고 동질감 느끼지는 않는다고. 카메론 행성에서 일할 거면 이종족들의 방식을 좀 알아두는 게 좋을 거야."

"예……."

수현은 별다른 생각 없이 영상을 쳐다보았다. 화면 속에서는 땀에 젖은 오크가 기쁜 표정으로 인터뷰를 하고 있었다.

-혹시 훈련 비결이라도 있으신가요? 특별한 단련법이라던가?

-다른 건 딱히 없습니다. 언제나 규칙적으로 스스로를 단련해 왔을 뿐.

-탄자크는 딱히 가리는 음식도 없습니다. 인간들의 식단도 처음부터 거부감 없이 즐겼죠. 그런 적응력이 이런 결과의 발판이 된 게 아닐까 싶습니다.

카메라가 탄자크의 옆에 있는 코치로 넘어갔다. 그는 탄자크가 한없이 자랑스럽다는 표정으로 말했다.

-음식이요? 그러고 보니 탄자크 선수가 좋아하는 음식은 뭔가요?

-다 좋아하죠. 아, 탄자크는 특히 붉은돼지버섯을 좋아합니다.

-붉은돼지버섯이요? 그게 뭐죠?

-탄자크의 고향에 있는 버섯인데…….

"지루하네. 다른 거 볼까?"

"그러자. 남 잘되는 거 봐서 뭐하냐."

대원들은 투덜거렸다. 그들에게 있어서 금메달리스트의 수상 소감은 잘 나가는 놈의 자랑으로밖에 들리지 않았다.

-탄자크가 그렇게 그걸 좋아합니다. 다른 건 상관 안 하는 녀석이 식사에

는 무조건 붉은돼지버섯을 넣으려고 하죠.

-대단하네요. 무슨 특별한 효과라도 있는 건가요?

-음. 그건 저도 잘……. 오크들이 즐겨 먹는다고는 하던데…….

"잠깐. 멈춰봐."

수현은 채널을 바꾸려던 대원들의 동작을 멈추게 했다.

"예? 계속 보시게요?"

"잠깐만. 조금만 더 들어보자고."

카메론 행성의 식물이라는 것이 흥미를 샀는지, 인터뷰는 붉은돼지버섯에 대해 조금 더 이야기하다가 넘어갔다.

"……?"

수현은 자리에서 일어섰다. 그리고 바로 옆에서 멍하니 영상을 보던 조승아에게 말을 걸었다.

"사장님 자리에 있지?"

"네? 네."

"이종족 상대로 장사? 그건 우리 주 업무가 아니잖아?"

"대형 용병 회사는 그런 것도 같이하지 않습니까?"

"그렇기야 한데, 개네들이야 워낙 조직이 탄탄하니까 계열사 형식으로 굴리는 거지. 우리는 지금 인원 모으고 있는 상황인데 굳이 그럴 필요가 있어?"

"불가능합니까?"

"아니, 불가능한 건 아닌데……. 꼭 필요한 건가?"

조승현은 수현의 말을 듣고 고개를 갸웃거렸다. 찾아와서 이종족들을 전문으로 상대하는 상인들을 소개시켜 달라니. 수현이 뜬금없는 소리를 하는 건 처음이 아니었지만, 그래도 이건 좀 당황스러웠다.

"꼭 필요한 건 아니죠. 모든 일이 다 그렇잖습니까. 하면 좋은 일입니다. 이종족들하고 관계도 맺고, 덤으로 돈도 좀 챙기고……."

"돈이 된다고?"

조승현은 수현보다 훨씬 더 뿌리 깊은 상인이었다. 지금이야 다른 곳에서 일하고 있었지만, 원래는 카메론에서 일하는 상인이었던 것이다.

그는 이 행성에서 장사로 돈을 만지는 게 만만한 일이 아니라는 걸 잘 알고 있었다.

"이종족들하고 거래하는 게 만만한 일이 아니라는 건 알고 있는 거지? 아니……. 너 정도 되는 놈이 모를 리는 없겠지만."

"상인은 제가 아니라 사장님이잖습니까. 지적하고 싶은

게 있으시면 지적해 보세요."

"너도 알다시피 카메론 행성에서 돈 벌려는 놈들은 쌔고 쌨잖아. 돈이 될 만한 아이템들은 벌써 누군가 선점한 것들이라고."

"그런데도 불구하고 새로운 아이템은 계속 나오잖습니까."

"그렇긴 하지……. 그래서, 뭐가 돈이 될 것 같은데?"

수현은 방금 그가 봤던 영상을 다시 틀었다. 인터뷰를 들은 조승현은 뭐가 뭔지 모르겠다는 표정을 지었다.

"……?"

"붉은돼지버섯이요. 저 오크가 먹었다고 한 것 말입니다."

"너 지금 설마 저 대사 하나 듣고 갑자기 삘 꽂혀서 모으겠다는 건 아니지?"

"거의 맞긴 한데요."

"야. 장사가 장난이냐!"

"정 못 믿으시겠다면 제 사비로 하죠 뭐. 대신 수익은 안 나눠드립니다."

"으음……."

잊고 있었지만, 수현은 이제 저 정도 일은 충분히 스스로의 재량으로 할 수 있었다. 게다가 부족하면 개발계획국 측에 지원을 요청할 수 있었다. 개발계획국은 어처구니가 없는 계획이라도 지원을 해줄 수밖에 없었다.

직속 팀이라는 건 그런 의미였으니까.

그러나 조승현의 눈에 수현이 하려고 하는 건 아무리 봐도 미친 짓으로밖에 보이지 않았다. 카메론의 탐험에서는 수현이 어떤 과격한 의견을 내도 믿을 수 있었지만, 장사의 영역으로 넘어가자 그게 힘들었다.

"야……. 조금만 더 고민해 보자. 아무리 생각해도 그건 아닌 것 같아."

조승현은 어떻게든 수현을 말리려고 했다. 아무리 봐도 지금의 수현은 장사를 처음 시작하는 사람이 파멸로 달려가는 전형적인 경우였다.

무언가 어처구니없이 꽂혀서 잘 될 거라고 믿고 진행했다가 망하는 케이스.

"일단 산다는 곳도 없지? 그렇다고 지금 유명한 물건도 아니지? 앞으로 유명해진다는 보장도 없어!"

"아. 알겠어요. 알겠어. 제 돈으로 할 테니 소개만 해주세요."

"야. 사람들이 그렇게 바보가 아니라니까! 오크 금메달리스트가 먹었다고 해서 잘 팔리지는 않아!"

"저는 생각이 좀 다릅니다. 사람들은 의외로 바보 같은 면이 있거든요."

수현은 더 이상 조승현을 설득하려고 들지 않았다. 결국 그가 다 책임지는 것으로 하고, 그에게 부탁해서 적당한 곳을 받아냈다.

'뭐……. 망하면 돈 좀 날린 셈 치지. 어차피 돈이야 넘쳐나니까.'

어차피 오크들에게 팔 물건은 적당한 총기류부터 시작해서 각종 전자장비 정도였다. 붉은돼지버섯이 나중에 팔리지 않는다고 하더라도 크게 손해는 보지 않았다.

"고르간, 오크들한테 갔다 올 생각인데. 같이 좀 가지."

"나도 갈……."

"미안. 너 가면 별로 좋을 것 같지 않다. 걔네들이 좀 예민하잖아."

샤이나는 손을 들었다가 시무룩해져서 다시 손을 내렸다. 케바스왁의 오크들은 그다지 다크 엘프를 좋아하지 않았던 것이다.

"같은 오크라고 해서 딱히 설득할 수 있는 건 아닙니다. 팀장님."

"상관없어. 설득하라고 데려가는 거 아니니까. 오크가 인간 사회에서 어떤 식으로 일하는지만 말해주면 돼. 그쪽이 꽤나 의심이 많은 편이거든."

"그런 거라면야."

고르간은 고개를 끄덕이고서 두말하지 않고 짐을 챙겼다.

"캘커타의 기지에 들린 후 케바스와을 찍고 아메스 평야까지……. 시간 꽤나 걸리겠군."

샤이나를 데리고 가지 않는 건 단순히 오크들과의 트러블 때문은 아니었다. 수현은 이번 원정에서 아메스 평야의 엘프들도 잠시 만나고 올 생각이었던 것이다. 독지에서 행방불명되었을 때를 대비해서 준비가 필요했다.

밖의 소식을 들을 통로, 보내는 동안 필요한 생필품, 정말로 일이 꼬이면 잠시 휴식할 수 있을 곳……. 엘프들에게 돈다발을 안겨주더라도 교섭할 만한 가치는 있었다.

"가자. 시간이 기다려주지는 않으니까."

덜컹거리는 차 안에서, 조승현이 소개해 준 이종족 전문 상인 이승수는 큰 목소리로 외쳤다.

"요즘 이름이, 자자한 엉클 조 컴퍼니와, 이렇게 같이 하게 되어서 영광입니다!"

"기쁘긴 한데, 굳이 덜컹거리는 차 안에서 그렇게 힘들여서 말하실 필요는 없습니다만."

"하하! 상인이라면 조금 덜컹거린다고 말을……."

정부가 만들어놓은 길 덕분에 그들은 비교적 편하게 이동

할 수 있었다. 그들의 뒤에는 오크들에게 넘길 물건이 들어 있는 차량이 따라붙었다.

"말씀하신 대로, 오크들이 좋아하는 물건들로 챙겼습니다."

"그게 다 일치합니까?"

"아뇨. 그건 아닙니다만."

"……."

수현의 시선을 눈치챈 이승수가 급히 손을 내저었다.

"사람의 취향도 하나가 아닌데, 오크들이라고 취향이 다 똑같지는 않죠! 보통 오크들은 무기를 좋아한다고 알려져 있지만, 어떤 오크들은 총기를 싫어합니다. 자기들 전통을 깬다고. 그런 오크들한테는 냉병기 정도만 가져다주고 장사를 시도하죠."

고르간은 고개를 저었다.

"그런 놈들은 오래 못 가지."

"너무 냉정한 거 아니야?"

"변화에 적응 못 하는 놈은 도태될 뿐입니다. 팀장님."

고르간은 눈 하나 깜박이지 않고 그렇게 말했다.

"어쨌든 엉클 조 컴퍼니의 팀장님이 부탁하신 일이니, 확실하게 처리했습니다. 어지간해서는 들어맞을 거예요!"

이제까지 경험한 오크 부족들의 취향을 토대로 물건들을

정리해 온 이승수였다. 그의 계획에 허점이란 건 없었다.

"그런데 그쪽에 뭐 흥미로운 거라도 있습니까?"

역시 상인. 어떤 일이든지 기본적으로 관심을 가졌다. 카메론에서는 언제 어떤 게 돈이 될지 몰랐다.

"왜요. 돈이 되는 게 있으면 어떡하시게요?"

"하, 하하……. 그냥 궁금해서 물어본 겁니다."

조승현의 소개로 오게 되었지만, 이승수는 오기 전에도 수현에 대해서 알고 있었다.

카메론에서 장사를 하는 사람은 용병 쪽에도 관심을 가질 수밖에 없었다. 워낙 위험한 곳이었으니, 언제라도 용병 회사의 도움을 받을 일이 생길지 몰랐던 것이다.

엉클 조 컴퍼니는 최근 많은 주목을 받고 있었다. 대형 상사(商社)나, 개인으로 돌아다니는 상인들이나 모두.

훗날 무슨 일이 생겼을 때 협력할 수 있을까? 다른 대형 용병 회사에 비해 아직 규모가 작은 편인데, 미개척지 탐험에 있어서 비교적 싸게 쓸 수 있지 않을까? 상인들은 이런 부류의 질문들을 계속해서 스스로에게 하는 사람들이었다.

그런 엉클 조 컴퍼니의 팀장이 개인 자격으로 이종족들과 거래를 하기 위해 불렀는데, 흥미가 생기지 않을 수가 없었다.

이승수는 수현이 대체 왜 케바스왁으로 가는지 궁금해했다.

'거기 뭐가 있다고?'

케바스와은 몇몇 탐험대들의 보고부터 시작해서 진돗개 팀까지 들어간 곳이었다. 건질 만한 게 있었다면 벌써 작업이 시작됐을 것이다. 이승수도 상인인 만큼 그런 걸 알고 있었다.

이승수는 수현의 속마음을 알고 싶어서 유심히 쳐다봤지만, 수현은 무표정하게 눈을 감고 있을 뿐이었다.

"정지!"

"오크 여러분! 우리는 적이 아닙니다."

"쓸데없는 설득은 할 필요 없습니다. 어차피 얼굴 알아볼 테니."

수현은 차에서 가볍게 내렸다. 그의 얼굴을 알아본 오크 전사들이 기겁을 했다.

"괴물 인간이다!"

"……."

고르간이 수현을 빤히 쳐다보았다. 보통 오크가 저렇게 질리는 경우는 드물었던 것이다.

"나 별다른 짓 안 했다. 오해하지 마라."

"아. 예……."

"여, 여기는 무슨 일로 왔냐!"

오크는 잔뜩 긴장한 채로 창을 들었다. 그러나 위협으로 느껴지지는 않았다. 창끝이 다가오지 말아 달라는 듯이 애처롭게 떨렸다.

"들어가서 모고크나 불러. 저번에 왔던 인간이라고 하면 바로 알아들을 거다."

오크는 머뭇거리더니 안으로 뛰어 들어갔다.

"사이가 좋으시군요?"

"서로 때리고 맞은 사이죠. 그보다 직원들은 밖에 세워둬도 괜찮겠습니까? 아무래도 무장한 사람들을 마을 안으로 데리고 가는 건 좀 그러니까요."

"어……."

이승수는 수현의 말에 망설였다. 카메론에서 무서운 건 몬스터뿐만이 아니었다. 만약의 상황에서 무서운 건 이종족도 마찬가지였다.

어느 정도 규모가 되는 일을 하는 상인들은 자체적으로 경호를 데리고 다녔다. 그게 용병 회사를 매번 부려먹는 것보다 싸게 먹히기 때문이었다. 본격적인 몬스터를 상대하지는 못해도 적대적인 이종족들을 상대하기에는 충분했다.

당연히 지금 뒤의 화물을 실은 차에도 그의 경호원들이 타고 있었다. 그들을 내버려 두고 오크 마을로 혼자 들어가는 건 아무래도 꺼림칙했다. 엉클 조 컴퍼니가 대단하다지만, 그의 목이 날아가고 나면 살려줄 수 있는 것도 아니지 않는가.

"걱정되시면 그냥 밖에서 기다리셔도 됩니다. 저희가 알아서 하고 오죠."

"음……."

호전적인 오크들 사이로 비무장으로 가는 것에 대한 두려움과 상인의 호기심. 둘이 격렬하게 충돌했다. 그때, 마을 안에서 함성이 들렸다.

"……!"

이승수는 화들짝 놀랐다. 오크들 사이에서 저런 식으로 함성이 터지는 건 평범한 일이 아니었다.

"뭐, 뭡니까?"

"글쎄요. 워낙 호전적인 놈들이니……. 저도 잘 모르겠군요. 어쨌든, 같이 들어가시겠습니까?"

"밖에서 기다리고 있겠습니다."

호기심보다 목숨이 중요했다. 이승수는 바로 즉답했다. 수현은 속으로 피식 웃으며 발걸음을 옮겼다.

"오랜만이군."

"내가 생각이 있으면 찾아오라고 했던 것 같은데. 아무도 안 오더군. 관심이 없었나?"

모고크는 그 말을 듣고 얼굴을 붉혔다. 수현이 나름 가이드라인을 제시해 주고 갔는데, 그들은 수현이 찾아오기 전까지 움직이지도 않았던 것이다.

"어쩔 수 없었다. 우리도 사정이……."

"그래. 그래. 누구나 사정은 있고."

"……옆의 오크는 누군가?"

"우리 팀에서 일하고 있는 고르간이다."

"고르간……. 이름을 보니 북쪽 오크 같은데. 맞나?"

"맞다."

같은 오크인 데다가, 인간들 사이에서 용병으로 일하고 있는 고르간이 신기했는지 모고크는 관심을 보였다.

"그렇지만 오늘 자리는 우리끼리 통성명하자고 모인 자리가 아닐 텐데. 무슨 사정으로 찾아오지 않았지?"

"그건, 음, 조금……."

"이 주변의 오크들은 약속을 멋대로 어겨도 되나 보군."

"그건 아니다!"

"팀장님이 시간이 넘쳐나는 줄 아나? 너희들이 찾아왔다면 빠르게 끝났을 일이, 너희들이 찾아오지 않은 것 때문에 이렇게 된 거다. 팀장님의 시간은 어떻게 보상해 줄 건가?"

"……미안하게 생각하고 있다."

수현은 놀란 표정으로 고르간을 쳐다보았다. 평소에는 과묵하던 놈이 이렇게 말을 잘하다니.

'같은 오크 상대라서 그런가?'

"됐어. 고르간. 모고크도 어쩔 수 없었겠지."

치고 빠지고. 당근과 채찍의 절묘한 조화였다.

"부족들이 다 찬성하는 것도 아닐 테고 말이야."

"……!"

모고크는 고개를 들어 수현을 쳐다보았다. 그가 정확히 맞춘 것이다.

"반대하는 놈들 때문에 못 찾아왔던 거겠지?"

"어, 어떻게……."

"그게 아니라면 마땅한 이유가 없잖아. 어쨌든, 그 반대하는 놈들의 입을 다물게 해줄 만한 걸 갖고 왔다. 한 번 써보면 더 이상 돌아가지 못할걸."

"우리는 돈이 없다."

"알고 있어. 물건은 내 사비로 갖고 왔다. 그냥 주지. 한 번 써보고……. 보급 정도는 내가 계속해 줄 수 있어."

"……?!"

고르간도, 모고크도 놀랐다. 이건 너무 후한 조건이지 않은가.

"그런 건 받을 수 없다."

공짜로 받는 호의만큼 무서운 건 없었다. 모고크는 긴장한 표정으로 수현을 쳐다보았다.

"물론 공짜로 줄 생각은 아니야."

"……."

"설마 공짜로 줄 것 같아서 겁먹은 건 아니겠지."

"아, 아니다."

속마음을 들킨 모고크는 말을 더듬었다.

"이 주변에 마땅한 자원이 없긴 해. 하지만 내가 저번에 말해둔 게 있었을 텐데. 붉은돼지버섯은 챙겨놨나?"

"붉은돼지버섯?"

"설마 그것도 안 하지는 않았겠지. 내가 아무리 관대하다지만 그것도 안 했으면 좀 화가 날 거 같은데."

수현의 목소리에서 위협적인 기색이 엿보이자 모고크가 황급히 말했다.

"아, 아니, 모아 놨다! 단지 그게 얼마만큼의 가치가 될지……."

"지금은 가치가 없지. 하지만 난 조금 지나면 이게 가치가 있을 거라고 생각한다. 그래서 미리 모아두려는 거야. 붉은돼지버섯을 꾸준히 공급해 준다면, 나도 꾸준히 물건을 지원해 주지."

수현은 이 거래가 오래갈 거라고 생각하지 않았다. 어차피 붉은돼지버섯은 한계가 있는 물건이었다.

붐이 시작되고 나면 열렬하게 팔리겠지만 진상이 드러나면 순식간에 가치가 폭락하게 되어 있었다.

'한철 장사지.'

붐이 시작되기 전에 최대한 많이 모아뒀다가, 정점에서 대량으로 팔아야 했다.

"통역기로 읽어보라고. 이해 안 되는 거 있으면 물어보고."

"어……. 이런 식으로 조건을 달아도 되는 건가?"

"왜. 싫어?"

"그건 아니지만……."

"내가 그쪽을 조금 배려해 주기로 했어. 우리야 이런 부분에 잔뼈가 굵었지만 그쪽은 아니잖아? 언제든지 마음이 바뀌면 다른 곳과 계약하라고. 물론 그 전까지는 최대한 성실하게 일해 줘야겠지. 이번 건은 어디까지나 내 호의라는 걸 잊지 말라고."

"고맙다. 절대 잊지 않겠다."

수현은 일정 기간 이후 오크들이 원한다면 다른 곳과 계약해도 상관없다는 것을 계약에 넣었다. 오크들은 수현이 배려해 준 거라고 생각해서 고마워했지만, 사실 수현은 그런 생각으로 넣은 게 아니었다.

'유행 타기 시작하면 상인들이 찾으려고 날뛸 테고, 당연히 여기에도 오게 되겠지.'

가격이 오른 상황에서 상인들이 제시하는 조건은 수현의 조건보다 훨씬 더 좋은 조건일 것이다.

오크들은 자연스럽게 수현에서 다른 상인들에게로 계약하게 될 것이고, 수현은 아쉬운 표정으로 어쩔 수 없다고 말한 다음 깔끔하게 끝을 맺을 수 있었다.

'음. 아주 완벽해.'

이익은 이익대로 챙기고 그 뒤의 귀찮은 일들은 수현의 손을 쓰지 않고서 처리가 가능했다. 그러나 수현은 한 가지를 놓치고 있었다.

모고크나 다른 오크들이 그렇게 이익에 밝은 이들이 아니라는 것을. 그들은 수현의 생각보다 훨씬 더 의리를 중요시했다.

"그러면 바깥으로 나가자고. 물건을 가지고 온 사람들이 기다리고 있을 테니까."

이승수는 수현이 뒤에 오크 무리를 데리고 나오는 것을 보고 움찔했다.

이종족들은 많이 접해본 그였지만, 그래도 두려움은 여전했다. 오지의 이종족들은 무슨 짓을 할지 보르는 존재였다.

"가지고 온 거 설명 좀 해주시죠."

"무기부터 먼저 보고 싶다."

"무기?"

수현은 모고크를 돌아보았다. 생각해 보니 딱히 이상한 건 아니었다. 그의 성격을 봤을 때 가장 큰 흥미를 가진 건 인간의 무기였을 테니까.

"상관없지. 보여주시죠. 무기 설명은 제가 직접 하겠습니다."

"그러시겠습니까?"

이승수는 수현이 그렇게 말하자 가지고 온 다른 물건들의 설명에 집중했다. 수현은 모고크와 함께 총을 쌓아놓은 칸 앞에 섰다.

"총을 본 적은 있겠지?"

"물론……."

"사용법은 간단해. 조준을 하고 방아쇠만 당기면 끝이지. 정비까지는 배워두면 좋지만 심하게 망가지면 그냥 포기하는 게 좋을 거야. 그쪽에서 직접 수리하는 건 무리니까. 탄창은 개나 소나 다 파니까 직접 만들려고 하지 말고."

"그런 생각은 한 적 없다."

"다행이군. 이종족들 중에서는 대충 모양 비슷하게 만들어서 쏴보려는 사람들도 있거든. 총 터져 나가도 책임 안 지니까 그런 짓 하지 마라."

"그런데……. 저 고르간이라는 오크는 용병으로 일하고 있다고 했나?"

고르간은 수현이 설명하는 동안 거리를 두고 기다리고 있었다.

"그렇지. 우리 팀에서."

"뭐 좀 물어봐도 되나?"

"그러라고 데려온 거야. 물어보라고."

고르간을 데리고 온 건 같은 오크라는 공통점 때문만이 아니었다. 인간들 사이에서 용병으로 일하고 있는 이종족이기에 이 주변 오크들의 호기심에 직접적인 대답을 해줄 수 있기 때문이었다.

냉정하게 말하자면, 다른 종족들에 비해 오크는 갖고 있는 것들이 적었다. 엘프나 드워프 같은 종족들은 식물이나 광물에서 뛰어난 강점을 갖고 있었지만, 오크들은 카메론의 자원에도 능숙하지 않은 편이었다. 그들이 가진 건 튼튼한 육체와 투지밖에 없었다.

그들이 괜히 인간들 사이로 흘러와 용병이나 군인으로 일하는 게 아니었다. 카메론에서 오크의 삶은 대부분 몬스터와의 투쟁으로 점철되어 있었고 그런 면에서 본다면 용병이나 군인으로 일하는 건 별다른 차이가 없었다. 오히려 더 좋은 무기와 지원을 받고 싸운다고 볼 수 있었다.

길게 이야기하는 모고크와 고르간을 보며, 수현은 모고크의 표정을 유심히 관찰했다.

'몇 명 건너올지도 모르겠군.'

이종족들이 들어간 팀, 거기에 그 이종족이 오크라면 그건 그다지 놀라운 풍경도 아니었다.

그러나 수현은 한 걸음 더 나아갔다. 만약 가능하다면, 수현은 이종족으로만 구성된 새로운 팀을 만들 생각이었다.

'사람들이 의외로 고지식하단 말이지.'

카메론에서 이종족의 중요성을 모르지는 않았지만, 다들 과감한 시도에는 망설였다. 결국 본질적으로 들어가면 인류가 가장 믿을 수 있는 건 인간뿐이었던 것이다.

하지만 수현은 그렇게 생각하지 않았다. 사람은 믿을 놈과 믿지 못할 놈으로 나뉠 뿐, 거기에 종족은 들어가지 않았다. 닳고 닳은 인간보다는 오히려 오크가 더 믿음직스러웠다.

'팀을 구성하게 된다면……. 가능하면 오크로만 구성하는 게 편하겠군. 괜히 다른 종족 넣어서 마찰 넣는 것보다는.'

"이야기는 끝났나?"

모고크가 돌아오자 수현이 물었다. 모고크는 고개를 끄덕였다.

"뭐가 그렇게 궁금해서 길게 물어본 거지?"

"음……. 용병 일에 관해서 물어봤다. 우리 부족에도 관심이 있는 놈이 몇 있어서 말이지."

"괜찮은 일이지. 목숨 거는 일이긴 하지만……. 카메론에서 목숨 안 거는 일은 거의 없잖아?"

"그렇긴 하지."

모고크는 수현의 말에 동의했다. 당장 그저께만 해도 그들은 몬스터와 싸우기 위해 목숨을 걸고 나섰던 것이다.

"왜. 생각이 있나?"

"어? 어, 음……."

속마음을 들킨 모고크는 화들짝 놀랐다. 수현은 속으로 피식 웃었다. 닳고 닳은 인간들을 상대하다가 모고크를 상대하니 속마음을 읽기가 너무 쉬웠다.

"부족에서 반대가 있을 텐데."

"그것도 그렇지……."

"하지만 그런데도 결정을 한다면 말해달라고."

"……?"

"나나 고르간이나 용병으로 일하고 있잖아. 새로 일하려는 사람 정도는 얼마든지 도와줄 수 있다고."

"……."

"뭐, 못 믿겠으면 알아서 알아봐도 되고. 도시 들어가서 물어보면 돼.”

“아, 아니다. 못 믿는 건 아니다. 단지…….”

“고민이 되는 거겠지. 그래. 그 고민 다 하고 나서 결정을 내리라고. 이번에는 알아서 찾아오는 게 좋을 거야. 내가 매번 찾아가는 건 좀 그렇잖아?”

“……명심하겠다.”

밑밥을 뿌릴 수 있는 대로 뿌린 후, 수현은 설명과 전달을 마친 후 돌아갈 준비를 했다. 이승수는 오크들이 들고나온, 밀봉된 상자 안에 무엇이 들어 있는지 정말로 궁금해서 못 견디겠다는 표정이었다.

‘대체 저게 뭘까? 무게를 보아하니 광물은 아닌 것 같은데……. 술? 공예품? 마약?’

아무리 봐도 가진 거 없어 보이는 오크들한테서 물자를 넘겨주고 상자를 가지고 나오니 궁금함이 하늘을 찌를 지경이었다.

“준비 다 됐습니다. 출발합시다.”

“예? 아, 예!”

아메스 평야에 도착하자 이승수의 표정은 한결 편안해졌

다. 아메스 평야 자체가 위험도가 낮은 곳이었고, 거기에 여기 사는 엘프들은 인간에게 우호적인 이들이었다. 이미 기존의 상인들이 거래를 튼 곳이었던 것이다.

"그런데 여기는 왜 들리시는 겁니까?"

"호기심이 많으십니다?"

"하하, 일이 일이다 보니……."

"잠깐 할 이야기가 있어서 들리는 겁니다. 딱히 사거나 팔 물건은 없으니 안으로 들어오실 필요는 없습니다."

"아뇨. 그래도 단둘이 들어가시면 조금 볼품이 없죠. 같이 들어가 드리겠습니다."

케바스왁에서는 겁이 나서 밖에 있던 사람이, 아메스 평야에 오자 갑자기 용감해졌다. 수현은 어이없다는 표정을 지으며 고개를 끄덕였다.

"마음대로 하시죠."

'좋았어!'

"대화할 때는 방해되지 않게 바깥에 계시고요."

'젠장!'

어차피 여기서 할 대화는 이승수가 듣지 못하게 할 생각이었다. 그가 주변에서 얼쩡거려도 별 상관없었다. 안에 사람을 보내자 얼마 지나지 않아 익숙한 얼굴이 나타났다.

"오랜만이군. 그대. 무슨 일로 왔는가?"

"부탁할 게 조금 있어서."

밝은 백금색 포니테일에, 흔들림 없는 녹색 눈동자. 이 주변에서 처음 만난 엘프 에이다였다.

"그대 정도 되는 사람이 부탁할 일이 있다고?"

"아……. 별로 대단한 일은 아니야. 비밀 엄수가 중요하지."

에이다는 살짝 눈썹을 찌푸렸다. 수현의 능력은 이미 잘 알고 있었다. 혼자서 랩터를 전멸시키는 인간이 부탁할 일이라니. 그녀 혼자서 들어줄 수 있는 부탁이 아닐 거라는 생각이 들었다.

"그대여. 나를 신뢰하고 부탁하는 건 기쁘지만……. 내 재량으로 할 수 있는 일에는 한계가 있네. 중요한 일이라면 아버지에게 허락을 받아야……."

"그렇게까지 대단한 일은 아닌데. 뭐, 상관없어. 허락을 받지. 그보다 아버지라니, 내가 저번에 본 적 있나?"

"그때는 일 때문에 다른 곳에 계셨네. 못 봤어도 이상할 게 없지."

"높은 지위신가 보군?"

"우리 부족의 장(長)이시네."

그러면 에이다는 부족장의 딸 정도가 되는 건가? 수현은 고개를 끄덕였다. 어쩐지 엘프들 사이에서 발언권이 높아 보인다 했다.

"곤란하게 만들 생각은 없어. 직접 허락을 받을 테니 안내해 달라고."

"그 전에, 무슨 일인지 물어봐도 되겠나?"

"음."

수현이 부탁할 일들은 일 자체로만 보면 별거 아니었다. 수현이 독지에 있는 동안 정보 전달과, 버틸 수 있는 물자 공급. 거기에 만약의 상황이 벌어질 경우 휴식처 제공.

그러나 이 모든 건 비밀 유지가 되어야 했다. 믿을 만한 소수만 알고 있어야 하고 일이 꼬일 경우에도 입을 다물어줘야 했다. 개발계획국 측이 물어본다고 하더라도.

물론 수현은 일이 그렇게까지 꼬일 거라고는 생각하지 않았다. 개발계획국이 그를 의심하지는 않을 것이다.

설마 수현처럼 무모한 계획들을 겁 없이 해낸 남자가 드래곤 슬레이어 프로젝트에 참가하기 싫어서 가짜로 실종되었다고 상상하지는 않을 테니까.

그러나 설명은 다른 영역이었다.

"어떻게 생각해?"

"꼭 비밀로 해야 하는 이유가 있는 것인가? 그것만 아니라면 내 재량으로도 해줄 수 있는 일인데."

"비밀로 해야 하는 게 중요해. 어쩔 수 없나. 직접 만나 봐야겠군."

"안내해 주겠네."

이동하는 동안 수현은 주변을 둘러보았다. 이 주변은 변한 것이 없었다. 카메론이라고 해서 전부 다 지옥 같은 곳만 있는 건 아니었다. 평화로운 곳은 또 평화로웠다.

"그동안 잘 지냈나?"

"그대여. 우리의 일상은 그다지 특별할 게 없네. 잘 지냈냐고 묻는다면……."

"……복잡한 대답 들으려고 물은 게 아니거든. 그냥 인사말이었어."

"아. 그런가? 잘 지냈네. 내 동생이 그대를 찾더군. 아직 어려서 도시로 보내지는 못했네."

"잘했어. 보아하니 유괴되기 딱 좋게 생겼는데, 단단히 고삐 붙잡고 있으라고."

에이다는 수현의 말을 듣고 애매한 표정을 지었다. 그녀의 생각에, 그녀의 동생이 유괴를 당할 정도로 만만한 사람은 아니었던 것이다.

"응?"

"왜 그러나?"

"아니, 방금……. 착각인가."

수현은 저 멀리서 어디선가 본 뒷모습이 지나가는 걸 본 것 같았다. 백금색의 단발 머리카락. 어디서 봤었지?

'아, 그 순간이동 능력자……!'

수현은 그녀를 봤을 때 왜 그녀의 얼굴이 낯익었는지를 깨달았다.

그랬다. 그녀는 에이다와 닮았던 것이다.

"혹시 동생 말고 다른 형제자매 있나?"

"그건 왜 묻지? 없다만……."

"그래? 방금 그쪽과 닮은 엘프를 본 것 같아서."

"아. 루이릴 언니를 말하는 거군. 오랜만에 우리 부족에 찾아왔네. 내 먼 친척이시지."

"그래?"

"그대여, 그 표정은 좀 무섭군."

"……."

수현은 미소를 멈추고 표정을 원래대로 원상 복귀시켰다. 생각해 보니 저번에도 호의적으로 보이려고 웃었다가 무섭다는 말을 들었던 것 같았다.

"세상 좁다더니, 이걸 이렇게 만나게 되나……."

"무슨 소린가?"

"아무것도 아니야. 족장님 뵈러 가자고."

엘프들, 드워프들, 인간까지……. 수현은 많은 사람을 만나본 경험이 있었고, 그들 중에서 또 많은 미남 미녀를 만나봤었다.

그렇지만 지금, 눈앞의 엘프만큼 잘생긴 엘프는 본 적이 없었다.

'지금 영화배우로 나가도 바로 스타 될 것 같은 얼굴이군.'

에이다 스란달의 아버지, 에단 스란달은 긴 백색 머리카락을 뒤로 넘긴 중년의 엘프였다. 희미하게 보이는 주름이 그의 나이를 짐작하게 만들었다.

"그래. 이야기는 많이 들었지."

"그렇습니까? 무슨 이야기를 들었을지 궁금한데요."

"나나 다른 이들이 없는 동안 신세를 졌다고."

"아. 랩터……. 별거 아니었습니다."

"한 마리면 별 게 아니긴 하지. 하지만 자리를 잡은 랩터 떼를 처리하는 건 아무나 할 수 있는 일이 아니잖나."

"요령만 알면 누구나 할 수 있는 일이죠."

에단은 긴 파이프에 성냥으로 불을 붙였다. 그는 연기를 위로 천천히 내뿜으며 말했다.

"한 대 하겠나?"

"됐습니다. 취미가 아니라서."

"인간들은 이걸 그렇게 구하려고 하던데. 그러면 나 혼자 피우겠네. 그래도 되겠지?"

"마음대로 하시죠."

수현은 에단이 무슨 소리를 하는지 이해했다. 엘프들이 키우는 담뱃잎은 그 독특한 향과 맛으로 유명했다. 에단이 느긋하게 한 대를 태우는 동안 수현은 느긋하게 기다렸다. 아무 말도 하지 않고 가만히 있는 수현을 본 에단은 빙그레 웃었다.

"왜 아무런 말도 하지 않지?"

"기다리면 이렇게 먼저 물어봐 주시지 않습니까."

작은 웃음소리. 에단은 웃음을 멈추고서 고개를 끄덕였다.

"이거 한 방 먹었군. 그래. 부탁을 하러 왔다고 했었지."

"내용은 들으셨습니까?"

"그래. 내용 자체는 그다지 어려운 부탁이 아니야. 그 정도는 충분히 호의로 해줄 수 있네."

"감사합니다."

"해준다는 게 아니잖나. 붙은 조건은 왜 빼놓나. 혹시 한국 정부 측이 접촉해 오게 되면 정보를 숨겨달라고 했지?"

"그렇죠."

"솔직히 자네가 생각해도 좀 무리인 부탁 아닌가? 우리 사정을 잘 알 텐데."

수현은 선선히 수긍했다. 카메론에 진출한 각국이 엄격한 조약으로 묶여 있었지만, 그들은 언제라도 이종족들을 공격해서 쓰러뜨릴 힘이 있었다. 인간을 상대하는 이종족들 입장에서 말과 서류로만 구성된 조약은 그다지 믿음직스러운 게 아니었다.

"우리는 한국 정부 측과 꽤나 친하게 지내고 있지. 오는 상인들도 그렇고……."

"아마 물어볼 일은 없을 겁니다. 그 정도까지 진행되려면 꼬리를 잡혀야 하는데, 제가 일 처리를 그렇게 하지는 않을 테니까요."

"그래도 물어볼 가능성이 없지는 않지 않나."

"원하는 게 뭡니까?"

수현은 직설적으로 찔러 들어갔다. 거절을 하지 않으면서 이렇게 말을 길게 돌리는 건 원하는 게 있어서였다. 말을 하던 에단은 수현의 직설적인 질문에 흠칫하고 말을 멈췄다.

"역시 듣던 대로군. 나는 여기 사람들을 책임지고 돌봐야 한다네. 만약의 경우 한국 정부와 곤란하게 될 수도 있는 일을 해야 한다면, 최소한 그에 걸맞은 걸 약속받아야 하지 않겠는가?"

"뭐……. 한국 정부와 곤란하게 되지도 않을 것이고, 그렇게 된다고 하더라도 곤란하게 되는 건 저지 그쪽이 아닐 겁니다. 여러분들과 사이가 안 좋아지면 손해를 보는 건 인간들이거든요."

한국 쪽과 사이가 틀어지면 미국이나, 그 외 국가들이 좋다고 나서서 접근할 것이다. 에단이 말하는 건 엄살에 가까웠다. 수현에게 논리의 허점을 지적당한 에단은 입맛을 다셨다.

"그렇지만 거래하던 곳을 다 바꾸는 것도 일종의 손해긴 하죠. 말씀해 보시죠. 들어드릴 수 있는 거면 들어드리겠습니다."

"단도직입적으로 말하지. 무력을 원하네."

"무력?"

뜬금없는 소리에 수현은 눈썹을 찌푸렸다.

"설명이 부족했군. 다시 설명을 하지. 비교적 최근에 캘커타 정글지대에서 큰 싸움이 있었는데, 혹시 아나?"

그 싸움에 직접 참가한 당사자였지만, 수현은 굳이 말하지 않았다.

"그……. 중국? 그쪽 병사들이라고 하던데."

"예. 압니다. 그보다 그런 걸 용케 아시는군요?"

"나도 인간들 사이에 선이 있네. 정보에 느린 사람은 도태될 뿐이니까. 어쨌든……. 요즘 상황이 심상치가 않아. 아메스 평야는 비교적 몬스터가 적은 곳이긴 하지만, 그래서인지 인간들의 접촉은 더 많지."

수현은 에단이 무엇을 걱정하는지 알 수 있었다. 한국이 카메룬에서 사고를 치지 않는 건 아니지만, 그래도 선을 지키는 편이었다. 그에 비해 중국이나 러시아는 마음만 먹으면 언제나 선을 넘을 수 있는 국가였다.

그런 이들이 아메스 평야 가까운 곳에 나타나서 교전을 벌였다는 소식은, 충분히 심각하게 받아들일 수 있었다.

'그나저나 엘프인데 대단하군. 상황을 읽는 눈이 있어.'

이 주변의 판도를 완전히 이해하고 있어야 저런 걱정이 가능했다.

"미국이나 한국은 나름 괜찮은 파트너였지. 하지만 다른 곳은 나를 두렵게 하네. 들은 소문도 있고 말이야. 그런 이들이 이 주변에 왔을 때, 우리는 어떻게 해야 할 것 같나?"

"미국이나 한국 측 정부에 부탁하시면 병력 파견을 해줄 겁니다."

"그래. 그 방법이 있지. 하지만 그러고 싶지 않네."

"내주는 게 크겠죠."

에단은 고개를 끄덕였다. 수현과의 대화는 편했다. 서로가 상황을 정확하게 판단하고 있으니 거슬리는 부분이 없었던 것이다.

정부에 요청하면 병력을 파견해서 지켜는 주겠지만, 그에 대한 대가로 꽤나 크게 지불해야 할 것이다. 게다가 그다음부터는 마음대로 뺄 수도 없었다.

"그래서, 부탁이란 건 그럴 때를 대비한 무력입니까? 적대적인 이방인들이 오면 힘을 보태달라는?"

"너무 어려운 부탁인가?"

수현은 미소 지었다. 에이다가 섬뜩하다고 말한 바로 그 미소였다.

"아뇨. 그런 '청소'가 제 전문입니다."

수현이 수락하자 이야기는 순식간에 진행되었다. 에단은 에이다를 포함해서 믿을 수 있는 엘프 몇몇만 동원해서 정해진 장소에 물자를 전달하겠다고 약속했다.

"돌아가는 상황은 내가 에이다에게 들려 보내지."

"그래주시면 감사하죠. 그보다……. 수상쩍은 사람들이 보이면 일단 상대하지 않는 게 좋을 겁니다."

"나도 약하지는 않네만."

"초능력자십니까?"

"에이다가 누구한테 배운 것 같나? 저 애는 나와 똑같은

능력을 가지고 있네."

그렇다면 강화 능력자라는 뜻이 됐다. 에이다의 실력을 봤을 때, 확실히 약하지는 않았다. 게다가 이 주변 엘프들은 인류의 문명을 완전히 받아들인 엘프들. 무장도 충분했다.

그러나 수현은 엘프들과 중국군 특수부대가 붙는다면 후자의 손을 들어줄 것이다. 그들은 승산이 없으면 싸움 자체를 벌이지 않는다.

'그런 쪽의 스페셜리스트니까……. 그나저나 확실히 이 주변에 설치긴 할 것 같은데.'

아메스 평야는 지나치게 매력적이었다. 카메론 행성에서 몬스터가 적은 곳은 언제나 사람들이 꼬였다. 이미 캘커타에 나타났으니 머지않아 나타날 가능성이 컸다.

'게다가 드래곤 슬레이어 프로젝트까지 있으니까.'

물론 드래곤 슬레이어 프로젝트로 인해 타격을 입는 건 한국 혼자가 아니었다. 중국이나 러시아, 다른 국가들도 괴멸적인 타격을 입었다.

그러나 한국과 중국은 인력풀 자체가 달랐다. 팀 몇 개가 날아가면 휘청거리는 한국과 달리 중국은 계속해서 인력을 뽑아낼 수 있었다.

드래곤 슬레이어 프로젝트로 한국 쪽 용병 회사와 정부 직속 팀이 날아가 버리면 중국 쪽에서 간을 볼 가능성이 충분했다.

"그래도 보이면 일단 피하시는 게 좋을 겁니다. 몇 가지 원칙을 알려드리죠. 보이면 피하고 싸움을 걸어오면 도망치고 도망치기 힘들 것 같으면 항복하세요. 달라는 걸 다 내주면 죽이지는 않을 테니까."

"……."

노골적으로 말해오는 수현의 모습에 에단은 당혹스러운 표정을 지었다. 이건 너무 그들을 무시하는 것 아닌가.

"아니, 힘을 보태달라고 하기는 했지만……. 그건 어디까지나 전면전이 일어날 경우고, 우리가 그렇게 약하지는 않네."

"압니다. 그래도 그냥 피하세요. 싸움이 일어난다는 것 자체가 불리하다는 증거니까. 초능력 믿고 덤비는 짓은 절대로 하지 마시고요."

다른 사람이면 모를까, 수현이 이렇게 말하면 흔들리지 않을 수가 없었다. 수현이 해온 행동들이 그의 말에 무게를 부여했다.

"……알겠네. 명심하도록 하지."

밖으로 나오고 나서, 수현은 에이다와 같이 걸어가며 방금 있었던 일에 관한 이야기를 나누었다.

"생각보다 위협적으로 느껴졌나 보군. 저런 부탁도 하는 걸 보니."

"우리는 인간들을 경계할 수밖에 없네. 그렇지 않나?"

"이해해. 솔직히 몬스터보다 더 위협적인 게 인간이지."

몬스터야 주어진 영역에서만 돌아다니지만 인간은 아니었다.

"그보다 아까 그 먼 친척이신, 루이릴이라고 했나? 그 사람도 초능력자인가?"

"음? 그건 아니네."

"그래?"

'초능력도 숨기고 있는 건가. 철저하군.'

수현한테 잡히지만 않았어도 꽤나 안정적으로 도둑질을 이어갔을 것 같았다.

"나도 자주 뵙지는 못했지만, 오랜만에 찾아와서 기쁘다네."

"뭐 하는 사람인지 물어봐도 되나?"

"어……."

에이다는 말끝을 흐렸다. 표정을 보아하니 그녀도 루이릴이 무엇을 하고 다니는지 잘 모르는 것 같았다.

"자주 돌아다니시긴 하는데, 무엇을 하는지는 나도 잘……."

"돌아다니신다니. 흥미가 생기는데. 혹시 나도 한 번 인사드려도 될까? 내가 모르는 걸 듣는 건 언제나 좋은 기회잖아."

"그대라면 괜찮겠지. 따라오게나."

호랑이를 친척이 있는 곳에 데리고 간다는 걸 깨닫지 못한 채, 에이다는 수현을 데리고 루이릴이 있는 곳으로 안내했다.

"누구야?"

"에이다 스란달이네. 들어가도 되겠나?"

"아. 들어와. 들어와."

문을 열자 에이다 혼자가 아닌 다른 인간 한 명이 뒤에 서 있었다. 루이릴은 고개를 갸웃거리며 물었다.

"누구?"

"손님이시네. 루이릴 언니가 괜찮다면 같이 앉아서 최근의 경황을 듣고 싶네."

루이릴은 떨떠름한 표정으로 고개를 끄덕였다. 거절해도 상관없긴 했지만 어디까지나 손님으로 찾아온 상황에서 에이다가 데리고 온 인간을 내보내기는 조금 그랬던 것이다.

"무슨 일로 온 손님인데?"

"미안하네. 그건 알려줄 수 없네."

"……."

에이다의 성격을 잘 아는 루이릴이었기에 굳이 다시 말하지는 않았다. 어차피 알아내는 방법은 수두룩했으니까. 그녀는 나중에 이 자리가 끝나고 이 인간이 왜 왔는지 따로 알아봐야겠다고 생각했다.

'그보다 이 인간은 왜 이렇게 나를 뚫어지게 쳐다보지?'

수현의 눈빛은 루이릴을 움찔하게 만들었다. 그녀의 외모에 반한 인간들이 보내는 호색한 눈빛은 아니었지만, 무언가 더 날카롭게 꿰뚫어 보는 듯한 눈빛이었다.

"아. 마실 게 없나. 내가 갖고 오지."

마침 에이다가 바깥으로 나갔다. 루이릴은 어떤 식으로 이 인간을 구슬려서 정보를 뜯어낼지 고민을 시작했다.

"조금 쌀쌀한데, 창문을 닫아도 되겠습니까?"

"……?"

수현이 일어나서 묻자 루이릴은 고개를 끄덕였다. 수현은 창문을 닫고 블라인드를 내려 시야를 차단했다.

"여기에는 무슨 일로 오셨죠?"

"족장님에게 부탁할 일이 있어서 왔습니다. 그런데, 우리 예전에 만난 적 있지 않습니까?"

루이릴은 어이가 없어서 수현을 빤히 쳐다보았다. 인간들한테서 작업을 거는 말은 많이 들어봤지만, 수현처럼 이렇게 노골적이고 투박한 건 처음이었다.

"그런 적 없는데요. 착각하신 거 아닐까요?"

루이릴 속에서 수현의 평가는 몇 단계 추락했지만, 그녀의 표정은 그대로였다. 에이다와 달리 루이릴은 인간들 사이에서 오래 지낸 엘프였다. 속마음과 달리 표정은 얼마든지 차분하게 듣는 표정을 유지할 수 있었다.

“착각이라뇨. 그쪽 같은 엘프를 착각할 일은 없습니다.”

“어디서 보신 것 같으신데요?”

“최근에 평양의 암시장 골목에서 저 보신 적 없습니까?”

“……?”

루이릴은 수현이 무슨 소리를 하나 생각했다. 그리고 그다음 바로 그의 말뜻을 깨달았다.

“……!”

그녀의 움직임은 기민했다. 당황한 것치고는 칭찬해 줄 만한 움직임이었다. 그러나 수현 앞에서는 아무런 의미가 없었다.

콱!

무기를 뽑으려는 손을 막은 후 바로 목을 잡고, 수현은 남은 한 손으로 얼굴을 가렸다.

“이제 누군지 알겠지?”

“너……!”

“세상이 좁다더니. 이렇게 만날 줄은 나도 몰랐어. 진심으로.”

루이릴은 필사적으로 순간이동 할 곳을 보려고 했다. 그러나 창문은 블라인드로 시야가 가려져 있었다. 그제야 그녀는 수현이 왜 쌀쌀하다는 핑계를 댔는지 깨달았다.

'치밀한 자식!'

"자. 아~ 해. 뱉지 말고."

수현은 숙련된 손놀림으로 루이릴의 입을 벌리고 안에 몇 방울의 액체를 떨어뜨렸다.

"자. 삼켜."

"읍, 읍읍읍!"

"순간이동 능력자는 성가시단 말이지. 도망치고 싶겠지만, 그러지 않는 게 좋을 거야. 에이다한테 물어보면 알겠지만, 내가 만드는 독은 아무나 해독할 수 있는 게 아니거든."

수현에게 아티팩트를 뺏기고 난 후, 루이릴은 도시에서 벗어나 쉬려고 했다. 정체불명의 남자에게 얼굴이 밝혀지고 그녀도 꼬리를 잡혔으니 잠시 밖에서 휴식하는 게 좋다고 생각했던 것이다.

그러나 늑대를 피하려다 호랑이를 만난 셈이었다.

25장

독공을 향한 머나먼 길(4)

수현은 루이릴의 목을 잡고 있던 손을 놓았다. 붉어졌던 그녀의 얼굴색이 천천히 돌아왔다. 그녀는 혼란스러운 눈동자로 수현을 쳐다보았다.

'머리 굴러가는 소리 들린다.'

기본적으로 루이릴 같은 엘프는 내버려 두면 무슨 짓을 할지 종잡을 수가 없었다. 능력이 있고, 그에 걸맞은 머리가 있었다. 거기에 행동하는 이유조차도 특이한 편이었으니…….

"이제 대화를 좀 할 수 있겠군."

루이릴은 체념한 듯이 털썩 주저앉았다.

"에이다가 손님 대접을 성실하게는 해도 손이 느리지는 않으니까, 그 전에 빨리 이야기를 끝내자고."

"뭘 원하지?"

"그야 네가 뭘 갖고 있느냐에 따라 다르지."

수현은 루이릴 앞에 마주 앉으며 말했다.

"우리가 헤어지고 나서, 나도 나름대로 조사를 해봤어."

"……."

"아주 대단하던데. 아직까지 소문이 안 퍼진 게 놀라울 정도야. 사람들이 워낙 아티팩트 관련해서 폐쇄적으로 나오니까 그런 거겠지만……."

"무슨 소리인지 모르겠는데."

"고집부려 봤자 지금 상황에서는 좋을 게 없을 텐데. 6개월 전에 N사 금고에서 아티팩트 도난, 1년 전에 용병 회사 '시월'에서 아티팩트 도난……. 당한 사람들이야 의심 가는 게 많아서 바로 감을 못 잡은 것 같은데, 척하면 척이지. 이건 순간이동 능력자나 가능한 짓이야. 거기에 내가 모르는 것까지 치면, 몇 건을 했을지 모르겠군."

루이릴은 고집스러운 얼굴로 시선을 돌리고 휘파람을 불었다. 노골적으로 말하기 싫다는 태도였다.

"애냐?"

"하고 싶은 말이나 하시지."

"갖고 있는 아티팩트들을 '빌려줬으면' 좋겠는데."

수현에게 우위를 빼앗겼지만, 루이릴은 그래도 수현을 대하면서 침착을 잃지 않기로 마음먹었다. 그러나 수현의 말은 그런 마음가짐도 흔들리게 할 정도로 알미웠다. 빌린다니. 그건 그녀 같은 도둑들이 물건을 가지고 올 때 하는 말버릇 아닌가.

"그게 뭐가 빌리는 거야?"

"언젠가는 돌려줄게. 언젠가는."

'%#&$*#&…….'

"긍정적으로 생각해 보라고. 너한테도 혜택이 없는 건 아니야."

"조금도 안 믿기지만, 무슨 혜택이 있는데?"

"먼저 목숨 부지가 가능하지."

"……그래. 그거 말고는?"

"그게 다인데?"

"야 이 개……."

"목숨 부지가 그렇게 간단한 조건은 아니잖아."

"너만 아니면 목숨 위험할 일도 없어!"

"아. 오해한 거 같군. 내가 말한 건 다른 의미였어."

"……?"

"네 목숨이 위험한 건 나 때문이 아니라는 소리다. 물론 나도 얼마든지 네 목숨을 위험하게 만들 수 있지만, 지금 네 목숨이 위험한 건 다른 이유 때문이다. 이번 아티팩트 도난

건에 누가 얽혀 있는지 알고 있지? 중국 쪽이 얽혀 있어."

"그건 이미 알고 있어. 내가 그놈들을 겁낼 줄 알아? 이미 몇 번을 갖고 나왔다고."

"그중에서 한 번이라도 흔적을 남긴 적이 있었나?"

"……없었는데."

원래라면 어장검도 흔적을 남기지 않고 어둠 속에서 순간이동으로 갖고 나올 수 있었다. 그러나 현장에 있던 초능력자가 보여준 기지로 능력이 드러났다.

"중국 정부를 무시하지 마. 내가 거기 과정이 어떻게 돌아갈지를 말해주지. 먼저 아티팩트를 쫓던 추적 팀이 경매가 진행되었다는 말을 듣고 진행자들을 잡아들이겠지. 도망쳐봤자 그놈들 수준으로 추적은 못 따돌릴 테니까."

수현의 말을 루이릴은 묵묵히 들었다.

"그다음은 이제 고문이지. 놈들을 말 그대로 쥐어짜서 정보를 뜯어낼 테고, 그러면 너라는 순간이동 능력자에 대해 알게 될 거다. 당연히 자국 내에서 일어난 미해결 도난 사건에 대해서도 의심하게 될 거고. 그다음은 너만 쫓아다니는 전담 팀이 새로 생기게 되겠지."

"……피하면 되지."

"피한다고 피해지면 왜 사람들이 겁을 내겠나. 믿든 안 믿든 네 자유지만, 인간을 너무 얕보지 않는 게 좋을 거야. 특히 정부 쪽 소속이라면 더더욱. 그놈들은 초능력자 상대하는 데 이골이 난 놈들이니까. 흔적을 안 남겼다고 생각하지 마. 세상에 완벽한 일은 없어."

수현의 말은 사실이었다. 게다가 루이릴은 알지 못했지만, 그들은 초능력자들의 초능력을 상쇄시킬 방법도 갖고 있었다. 만약 그들이 함정을 파고 기다린다면 루이릴은 빠져나올 수 없을 것이다.

수현의 말을 수긍하기는 싫었지만, 완전히 부정할 수도 없었기에 루이릴은 침묵했다. 그러다가 결국 입을 열었다.

"그래서, 네가 그걸 막아줄 수 있다고?"

"적어도 지금처럼 혼자 돌아다니는 것보다는 훨씬 안전하겠지. 중국 정부 측에서도 한국 정부 관련자는 쉽게 못 건드려. 일이 커지니까. 물론 살고 싶으면 도둑질은 멈춰. 죽으러 들어가는 사람을 살릴 수는 없으니까."

루이릴처럼 뒤에 봐주는 세력 없이 돌아다니는 엘프 하나 정도는 바로 잡을 수 있었지만, 수현의 밑에 숨는다면 그럴 수 없었다.

그녀도 카메론에 있는 인간들의 조직이 얼마나 강력한지 알고 있었다. 그걸 알고 있었기 때문에 일을 하면서도 언제나 조심해 왔었다. 그러나 이번에 일이 꼬였다. 꼬리를 잡힐 수 있다는 수현의 말은 설득력이 있었다.

"물론 그 이전에 협력을 안 하면 나한테 먼저 죽겠지. 지금 당장 살기 위해서 협력을 하라고."

"……."

루이릴의 머릿속이 복잡하게 돌아갔다. 지금 눈앞에 있는 인간은 만만해 보이지 않았다. 게다가 독까지 먹은 상황에서 도박을 하는 건 위험했다.

"그보다 아티팩트는 왜 훔치는 거지?"

"저번에 말했잖아?"

"정말로 흥미 때문에 훔쳤다고?"

"안 될 게 있어?"

수현은 작게 헛웃음을 터뜨렸다. 아티팩트는 구체화된 권력이나 다름없었다. 당연히 아티팩트를 원하는 사람들도 현실적인 욕망 때문에 아티팩트를 원했다.

"모아서 뭘 하려는 계획도 없고?"

"없어."

루이릴이 아티팩트를 훔치는 건 아주 사소한 이유로부터 시작된 일이었다. 어느 날 본 아티팩트가 마음에 들었고, 그녀는 그걸 훔칠 능력이 있었다. 단지 그뿐이었다.

그 이후로 그녀는 꾸준히 아티팩트를 모아왔다. 그녀의 행동은 예술품을 수집하는 컬렉터들과 닮아 있었다.

"차를 갖고 왔네."

"아. 고마워."

"둘이 이야기는 나누었나?"

에이다의 말에 수현과 루이릴은 서로를 쳐다보았다. 그리고 동시에 고개를 끄덕였다.

"그럼. 아주 재밌었어."

"그런가? 다행이군."

둘은 서로 어색한 시선을 교환했다.

"그래서, 루이릴 언니. 최근의 근황을 듣고 싶군. 저번에 헤어진 이후로 본 적이 없다 보니……. 그동안 어떻게 지냈나?"

"아주 잘 지내셨대. 나도 재밌는 이야기 많이 들었어."

루이릴이 수현을 노려보았다. 에이다 앞에서 허튼소리를 하지 말라는 신호였으나, 수현은 아랑곳하지 않고 어깨를 으쓱거렸다.

"그런가? 나도 듣고 싶네."

"에이다. 잠깐 나가 있을래? 여기 이 사람하고 할 이야기가 따로 있어서."

"내가 들으면 안 되는 일인가?"

에이다는 서운한 표정으로 루이릴을 쳐다보았다.

"안 되는 건 아닌데. 남이 들으면 조금 그런 이야기라서. 특히 이 인간이 부끄러워할 거야."

"그런가? 그렇다면……."

에이다는 수현이 부끄러워할지도 모르는 이야기라고 말하자 순순히 일어서서 바깥으로 나갔다. 루이릴이 어떠냐는 듯이 수현을 쳐다보았다.

"뭔가 의기양양한 것 같은데, 난 재가 무슨 상상을 하든 별로 신경을 안 써."

루이릴은 얼굴을 붉혔다. 같이 자존심 싸움을 하다가 수현이 갑자기 발을 뺀 느낌이었다.

"그래서, 대답은? 슬슬 대답을 듣고 싶은데."

"아티팩트를 넘기면 살려주겠다고?"

"그래."

"내가 그걸 어떻게 믿지?"

"믿어달라고 한 적 없는데."

수현은 특유의 무심한 표정으로 루이릴을 응시했다. 꿰뚫리는 느낌을 받은 루이릴은 흠칫해서 몸을 뒤로 젖혔다. 방금까지의 편안한 대화와는 분위기가 질적으로 달라져 있었다.

"미안하지만 이건 거래가 아냐. 명령이지. 살고 싶으면 아티팩트를 넘겨. 그러면 여기 엘프들의 얼굴을 봐서 최대한 협력해 주지. 거절할 경우 넌 여기서 죽는다."

자유롭게 내버려 두기에 수현은 이미 루이릴에게 너무 많은 걸 말했다. 그녀가 다른 곳에 가서 잡히기라도 한다면 일이 귀찮아졌다.

상황의 설명은 충분히 했다. 이제 강하게 밀어붙일 때였다.

"대답은?"

그리고 이건 이미 결과가 정해져 있는 것이나 다름없는 질문이었다.

"먼저 돌아가. 나는 포슈칸을 확인하고 돌아갈 테니까.

"제가 같이 가겠습니다."

"대원들한테 무슨 소리라도 들었나?"

고르간은 움찔했다. 수현은 그걸 보고 피식 웃었다. 고르간의 성격상 이렇게 토를 달 것 같지 않아서 떠봤는데, 맞아떨어진 것이다.

실제로 고르간은 오기 전에 대원들한테 말을 들은 상태였다. 수현이 혼자서 활동하려고 하면 어떻게든 따라붙으라고.

"됐어. 혼자서 할 수 있으니까. 괜한 걱정은 필요 없다."

"하지만……."

"명령이야. 그리고 저 인간 혼자만 돌려보내는 건 조금 그렇지."

수현은 이승수를 가리켰다. 그가 미치지 않고서야 수현이 갖고 온 걸 열어보지는 않겠지만, 그래도 상인의 호기심과 욕심을 무시할 수는 없었다. 감시를 넣는 게 서로에게 좋았다.

"알겠습니다."

"그래. 먼저 돌아가라."

이승수와 함께 고르간이 돌아가자, 수현은 루이릴을 쳐다보았다.

"그래서, 어디라고?"

그녀는 결국 항복했다. 수현은 철저하게 상황을 만들고 그녀를 구석에 몰아넣은 것이다.

"여기서 멀어. 한참 가야 해."

"잘됐네. 포슈칸에 가깝다니 같이 처리할 수 있겠군."

들어가기 전에 서강석이 말해준 독지를 한 번 확인하고 올 생각이었다. 수현은 에단에게 빌린 대형 오토바이에 올라탔다.

'그 양반도 취향 참…….'

"가자."

"몇 가지 말해두지. 아티팩트를 넘기고 나서, 너는 일단

우리 팀으로 들어간다."

"무슨 팀."

"모르는 척하지 말고. 출발하기 전에 에이다한테 물어본 거 다 안다."

"……."

루이릴은 다시 한 번 고개를 돌렸다. 실제로 그녀는 출발하기 전에 어떻게든 수현에 대한 정보를 얻기 위해 돌아다니며 물어봤었다. 그러나 그것도 손바닥 위에서 논 것이나 마찬가지였다니.

"살고 싶으면 거기서 얌전히 있어. 대원들은 모두 괜찮은 놈들이니 있는 게 불편하지는 않을 거다. 도망치는 건 자유지만 목숨은 보장해 줄 수 없어."

"해독제는?"

"억제제만 주기적으로 주지. 먹으면 발작하지는 않을 거다."

"아티팩트를 넘기면 끝나는 게 아니라?"

"미안하지만 넌 순간이동 능력자야. 네가 마음만 먹으면 아티팩트를 회수하는 건 일도 아니란 걸 안다고."

루이릴은 작게 혀를 찼다. 수현에게는 도저히 빈틈이란 게 보이지 않았다.

"해독제는 일이 다 마무리되고, 네가 아티팩트를 다시 회수할 수 없겠다는 확신이 들면 주지."

"그런 확신이 생길 날이 오기는 해?"

"물론."

"……?"

예상 외로 수현이 확답을 하자 루이릴은 살짝 놀랐다. 그녀가 생각하기에, 그녀에게서 확실하게 물건을 숨길 방법은 많지 않았기 때문이었다.

'초능력 상쇄장치가 곧 나오겠지.'

수현이 직접 가져다 바쳤고, 정부 직속으로 일하고 있으니 누구보다 빨리 결과를 전해 들을 수 있을 것이다. 초능력 상쇄장치만 있으면 루이릴 같은 도둑도 그렇게 무섭지 않았다.

"네 손버릇은 알지만, 팀에 들어가고 나서는 행동 조심해라. 이소희란 대원이 있는데, 그 대원을 붙여 놓을 거야. 어딘가 갈 때면 무조건 보고를 하고 움직여."

"그건 너무하지 않아?"

"억울하면 스스로가 이제까지 한 짓을 반성하라고. 넌 사고 치기 딱 좋은 케이스야."

적합한 초능력에, 머리가 돌아가고, 행동력까지 있었다. 마음대로 풀어둘 수가 없었다.

"이건 농담이 아니야. 한동안 중국 쪽에는 들어갈 생각도 하지 마. 정말로 죽어서 나오는 수가 있어."

"알겠어."

"그쪽 추적이 어떻게 돌아가는지는 내가 알려주지. 추적이 풀리면 이렇게까지 안 하니 걱정 말라고."

루이릴이 멋대로 잡혀 들어가서 사실을 불어대면 수현이 귀찮아졌다. 그런 일은 무조건 피해야 했다.

쉬지 않고 내달린 덕분에 수현은 시간을 단축해서 포슈칸에 도착할 수 있었다.

"이 주변에 있다고?"

수현의 목소리에는 불신이 가득했다. 안쪽으로 들어가면 포슈칸의 습지대였고, 뒤에는 아무것도 없는 아메스의 평야였다. 뭔가 숨길 만한 곳은 보이지 않았다.

"이 밑에 있어."

"……!"

루이릴은 말과 함께 엎드려서 바닥의 구멍에 눈을 가져다댔다. 그러고는 순간이동했다. 얼마 지나지 않아서 돌이 갈라지며 지하로 내려가는 입구가 만들어졌다.

'유적인가?!'

유적은 언제나 사람들의 관심을 사는 존재였다. 자연적으로 만들어진 게 아닌, 인공적으로 만들어진 돌계단을 보며 수현은 생각에 잠겼다.

"안 들어와?"

"아. 미안."

안의 공기는 차가웠다. 수현은 루이릴의 뒤를 따라 어두컴컴한 계단을 걸어 내려갔다.

"여기는 어떻게 알게 된 거지? 다른 사람도 알고 있나?"

"나밖에 모르는 곳이야. 다른 사람들은 모르고. 나도 우연히 발견했어."

"여는 방식이 특이하던데. 일부러 그렇게 만든 건가?"

"그래. 나 말고는 아무도 들어가지 못하게 하려고."

"철저하군."

"그쪽한테 들을 소리는 아닌 거 같은데."

"아. 참고로 내가 갖고 있는 짐 뒤져 봤자 네가 억제제나 해독제 구분할 방법은 없으니까. 괜히 헛수고하지 마."

"……."

"설마 먼저 나가서 짐 뒤지려고 한 건 아니지?"

"그런 생각 안 했어."

'했군.'

원래라면 밖에서 여는 방법도 있을 것 같은데, 루이릴은 그걸 완전히 망가뜨린 모양이었다. 시야만 닿는다면 그녀는 순간이동으로 안에 들어갈 수 있었으니까 말이다.

"꽤나 잘 만들었는데……. 드워프인가?"

"엘프가 만든 유적이야. 인간들은 괜찮게 만들어진 것만 보면 다 드워프가 만든 건 줄 알더라."

"이거 실례했군."

"여기야."

수현은 무의식적으로 탄성을 내뱉었다. 인간의 기술은 이종족들의 기술을 아득하게 초월했지만, 그렇다고 해서 이종족들이 만들어놓은 것을 무시할 수는 없었다.

"아름답군."

안의 구조뿐만이 아닌, 안의 공간에 놓인 아티팩트들이 수현을 감탄하게 만들었다.

"대체 몇 개를……."

한눈에 봐도 열 개는 넘어 보였다. 수현이 루이릴을 쳐다보자 그녀는 시선을 피했다.

"원래 어떤 용도로 쓰이던 곳이었지?"

"무덤 같아."

"시체를 치웠나?"

"사람을 뭐로 보고……. 시체는 있지도 않았어. 사정이 있어서 잊힌 거겠지."

이상한 오해를 받자 루이릴이 불쾌하다는 듯이 말했다. 있던 시체를 치우고 아티팩트를 보관하는 장소로 만들었다는 오해는 받고 싶지 않았다.

"섬광돌칼, 역시 네가 훔친 거였군."

"……."

"잠깐, 이 대검은……. 이종족도 털었었나?"

"아니야! 그건 중국 정부한테서 가지고 온 거라고."

쇼크 웨이브 소드. 염동력의 일종을 가진 아티팩트였다. 수현의 염동력처럼 자유자재는 아니지만 일정 방향으로 충격파를 쏘아 보내는, 괜찮은 A급 아티팩트였다.

문제는 이게 북쪽 하임켄 오크 부족의 신물이라는 점이었다. 중국, 러시아 측의 활동 무대인 게이트 북쪽에 위치한 하임켄.

기기의 오크들은 이 대검을 신물로 아꼈었고 사라지고 나서 매우 강력하게 항의를 해왔었다. 그러나 결국 찾지 못하고 흐지부지됐었는데…….

'아. 어떻게 된 건지 알겠군.'

중국 정부가 오크 부족에게서 훔치고, 그걸 또 루이릴이 훔친 것이다. 솔직히 감탄이 먼저 나왔다. 아무리 순간이동 능력이 있다고 하더라도 이 정도로 도둑질이 가능하지는 않았다. 도둑질의 천재라고 해도 과언이 아니었다.

"멋대로 아티팩트를 수집하는 인간들의 것은 훔쳐도, 원래 자기들이 갖고 있던 아티팩트를 훔치지는 않아. 그게 내 원칙이라고."

"음. 근데 왜 안 돌려주고 그대로 갖고 있었지?"

"돌려주면 다시 뺏길 테니까."

"……."

"진짜야."

그다지 신뢰가 가지 않았지만, 어차피 수현이 신경 쓸 문제는 아니었다.

"좋긴 좋은데……."

수현은 고민에 잠겼다. 여기 있는 아티팩트들은 한눈에 봐도 즉시 전력으로 쓸 수 있는 것들이었다. 그러나 문제가 있었다.

'잘못 썼다가는 바로 걸리겠군.'

특색 없는 반지나 목걸이 부류는 숨기는 게 쉬웠지만, 쇼크 웨이브 소드나 섬광돌칼 같은 건 변명이 불가능했다. 지나치게 특징적인 모양 때문이었다. 저런 걸 들고 다녔다가는 당장에 소문이 퍼질 것이다.

루이릴은 생각에 잠긴 수현이 감탄하고 있다고 오해했는지, 살짝 자랑스러운 표정을 지었다. 그녀가 아티팩트를 수집하는 건 본질적으로 수집욕에 가까웠다.

자랑할 곳이 아무 데도 없는 수집. 그런 상황에서 수현은 첫 관람객이나 다름없었다. 협박당해서 끌려온 상황이었지만 뿌듯한 건 뿌듯한 것이었다.

"마음껏 감탄해도 괜찮은데."

"응? 아. 대단해. 용케 잘 모았군. 문제는 이걸 갖고 나갈 수 있냐인데."

수현은 건성건성 대단하다고 말하고 넘어갔다. 루이릴의 표정이 살짝 구겨졌다.

"유명한 것들만 골라 훔쳐서……. 그냥 썼다가는 큰일 나겠군. 일단 여기에 두지. 보관하기에 이만한 곳도 없으니까."

"……!"

수현이 가져가지 않겠다고 말하자, 루이릴은 복잡한 표정을 지었다. 지금 당장 아티팩트를 뺏기지 않는 건 다행이긴 했지만, 그렇다고 이 아티팩트를 빼돌릴 방법이 있는 것도 아니었기 때문이었다.

연극을 해봤자 수현은 바로 알아차리고 그녀의 목을 손수 조를 것이 분명했다.

'세탁할 방법이 없나?'

특징적인 아티팩트는 세탁할 방법이 없어 보였지만, 세상에 불가능이란 건 없었다. 모든 일에는 어떻게든 해결책이 있었다.

"일단 여기 있다는 건 잘 알았어. 자. 억제제."

"어? 아앗!"

수현이 약이 든 작은 유리병을 던지자 루이릴은 허둥지둥 손을 뻗었다.

“떨어뜨릴 뻔했잖아!”

“내가 먹을 거 아니니까.”

“……너무 단데.”

“몸에 나쁜 약은 입에 달지. 더 볼 게 없다면 나가자고. 오래 있어서 좋을 게 없으니.”

돌아오기 전에, 수현은 포슈칸 주변을 돌아다니며 적당한 지형을 확인했다. 독지에서 보내는 시간은 수현에게도 꽤나 힘든 시간이 될 것이다. 미리 할 수 있는 건 미리 해둬야 했다.

돌아오고 나서, 수현은 차근차근 일을 마무리 지었다. 붉은돼지버섯은 완전하게 보존시켜 회사의 창고에 보관시켰다. 조승현은 반신반의하고 있었지만 수현은 이것들이 언젠가 황금으로 변하리라 믿었다.

그런 다음에는 루이릴을 새로운 대원으로 소개시켰다. 이종족을 새로운 대원으로 받는 건 엉클 조 컴퍼니에서 그다지 이상한 일도 아니었다. 이미 샤이나의 전례가 있었기에 대원들은 아무렇지도 않게 받아들였다.

“재 주의해라.”

수현은 서강석, 박수용, 이소희를 따로 불렀다.
"예?"
"완전히 신뢰하고 그러지 말라고. 특히 내가 없을 경우에는 더더욱. 샤이나나 고르간하고는 근본적으로 다른 사람이다."
"믿을 수 없다는 뜻입니까? 그런 사람이라면 굳이 팀에 넣으실 필요가……."
박수용이 이해가 가지 않는다는 듯이 되물었다. 지금 엉클조 컴퍼니의 상황은 나쁘지 않았다. 수현의 활약으로 정부의 직속을 따냈고, 이후 있을 드래곤 슬레이어 프로젝트를 조심하고 있었지만 그들에게 있어서 그건 사실 와 닿지 않는 걱정이었다.
"필요가 있어서. 일단 능력 자체는 확실해."
A급 순간이동 능력자는 아무 데서나 구할 수 없었다. 분명히 저 능력이 필요한 순간이 올 것이다.
"다만 어디로 튈지 모르고 만만한 성격이 아니니까 방심하지 말라고. 김창식 같은 놈은 순식간에 녹여서 마음대로 다룰 수 있을 거다."
"제가 확실히 잡아 놓겠습니다."
"그래. 부탁하지. 일단 목줄은 채워뒀으니까 과하게 행동하지는 못하겠지만, 각자 알아서 체크 좀 해줘."

"예."

셋을 보자 참 믿음직스러웠다. 루이릴이 아무리 날고 기어 봤자 이 셋을 흔들 수는 없을 것이다.

'그에 비해 저놈은…….'

"그런데 루이릴 씨도 초능력자인 건가? 팀장님이 데리고 온 거면……."

"엘프는 갖고 있는 걸 선불리 말해주지 않아."

"에이. 그러는 게 어디 있어!"

들어온 지 얼마나 됐다고 루이릴은 팀에 동화된 모습이었다. 샤이나와는 대조적이었다.

수현은 그녀와 만났을 때 상황이 상황이었던지라 언제나 맞부딪혔지만, 그녀가 에이다나 다른 사람들에게 대하는 모습을 보면 원래 태도는 꽤나 달랐다.

어딘가 신비한 모습을 보이는, 엘프라는 종족 이미지에 걸맞은 모습이었다. 속된 말로 표현하자면 심하게 폼을 잡았다. 그녀가 궁지에 몰리면 어떻게 되는지 아는 수현에게 있어서는 웃길 뿐이었다.

"……제가 확실히 잡아 놓겠습니다."

박수용은 김창식을 보더니 다시 한 번 그렇게 말했다. 수현은 그의 어깨를 툭툭 치고서 고개를 끄덕였다.

"수현아."

"……?"

그렇게 이야기를 나누고 있는 동안, 안에서 조승현이 걸어 나왔다. 그의 얼굴은 굳어져 있었다.

"개발계획국 쪽에서 연락이 왔다."

"……!"

수현의 머릿속은 복잡했다. 개발계획국으로 가는 차 안에서 수현은 방금 있었던 대화를 떠올렸다.

"뭡니까? 설마……."

"아니야. 내가 놓쳤을 리가 없어!"

수현은 혹시 조승현이 놓친 사이 드래곤 슬레이어 프로젝트가 진행된 게 아닌가 걱정했다. 그러나 조승현은 확고하게 부정했다.

"그 정도 되는 프로젝트가 내 눈 밖에서 진행됐을 리 없어."

"확실히……. 저도 그건 동의합니다."

게다가 시간상으로도 그렇게 빨리 진행될 리 없었다. 최소한 몇 개월은 더 있어야 했다.

'그러면 뭐지?'

"무슨 일로 부르신 겁니까?"

"오셨군요. 들어오십시오. 안에 들어가시면 국장님께서 설명해 주실 겁니다."

수현은 바깥에 주차된 차량들이 평소와는 다르다는 걸 깨달았다. 보통 개발계획국에서 일하는 공무원들이 끌고 다니는 차량들이 아닌, 화려하고 값비싼 스포츠카.

저런 걸 끌고 다니면서 개발계획국에 올 이들은 한정되어 있었다.

'다른 용병들?'

목숨을 걸고 싸우는 만큼 사치를 즐기는 용병들은 많았다. 수현처럼 검소하고 금욕적인 케이스가 오히려 드문 편이었다.

수현은 직원의 안내를 받아 안으로 들어갔다. 넓은 회의실에는 선객들이 있었다.

"다 오셨군요."

"……."

순간적으로 서로를 쳐다보는 이들. 짧은 순간이지만 서로를 냉정하게 재단하고 평가하는 시선이 교차했다.

참석한 모두가 다 범상치 않았다. 수현은 이들의 정체를 바로 알 수 있었다.

'다른 정부 직속 팀이군.'

"모두 모이셨으니 이야기를 시작하겠습니다. 이렇게 모인 적은 없었지만, 여러분들은 아마 서로를 잘 아실 겁니다."

엉클 조 컴퍼니처럼 빠르게 올라온 케이스가 예외였지, 보통 정부 직속 팀도 대형 용병 회사에서 나오기 마련이었다. 그런 경우 다들 서로 얼굴 정도는 알고 있었다. 앉아 있는 이들이 모두 고개를 끄덕였다.

갈맷빛, 아이언 실드, 유성, 오메가, 타이탄. 엉클 조 컴퍼니가 들어오기 전에 운용되고 있던 정부 직속 팀들. 모두 뒤에 대형 용병 회사를 업고 있었다. 그런 만큼 팀장들도 전부 쟁쟁한 능력자였다.

그러나 수현의 눈에는 곧 죽을 사람들로밖에 보이지 않았다.

'이 중에 몇 명이나 살아 나올지 모르겠군.'

수현이 그런 생각을 하고 있는 동안, 다른 팀장들은 수현을 유심히 쳐다보았다. 수현과 달리 다른 팀장들은 수현에게 흥미가 많았다. 엉클 조 컴퍼니가 이름값을 올린 건 그만큼 드라마틱했던 것이다.

게다가 수현에게는 한 가지 소문이 돌고 있었다.

'저 자식이 초능력자를 알아볼 수 있는 방법을 갖고 있다고 하던데.'

초능력자를 각성시킬 수 있거나, 그게 아니라면 구분하는 방법이 있다. 그렇지 않으면 상황이 설명되지 않았다. 우연치고는 지나쳤던 것이다.

'비약 조제법을 알고 있을지도.'

'구분하는 아티팩트를 갖고 있나?'

"오늘 여러분들을 이렇게 부른 이유는, 앞으로 있을 대형 프로젝트 때문입니다."

드래곤 슬레이어 프로젝트. 모두가 알고 있었다. 놀라는 이는 아무도 없었다.

유성의 팀장이 손을 들었다. 눈썹 위에 작은 흉터가 눈에 띄는, 잘생긴 남자였다.

"서로 모르게 하겠다는 게 원래 조건 아니었습니까?"

"맞습니다. 이제까지 우리는 여러분들을 독립적으로 운용해 왔습니다. 만약의 경우도 있었고, 여러분들 실력 정도면 두 팀 이상을 동시에 동원할 필요가 없었으니까요. 그렇지만 이번 프로젝트는 다릅니다. 저희는 게이트 4개국의 전력이 전부 참여하는 상황에서 독립해서 따로 움직이게 하는 건 의미가 없다고 생각했습니다. 어차피 현장에서는 알게 될 테니까요."

이제 와서 서로가 정부 직속으로 일하고 있었다는 걸 알게 돼도 그다지 놀라움은 없었다. 짐작할 놈들은 알아서 짐작하고 있었던 것이다. 그들의 관심사는 상대의 신상이 아닌, 드래곤 슬레이어 프로젝트였다.

"그래서, 뭡니까? 협동 훈련이라도 하라는 겁니까?"

"하라고 하면 하실 겁니까?"

"……."

"농담입니다. 저희도 여러분들에게 그런 걸 시킬 생각은 없습니다. 이 자리는 여러분들이 서로 확인하고 현장에서 혼선이 없도록 만든 자리입니다. 최소한 급할 때 공조가 가능하도록 말입니다."

마음 같아서는 이들을 하나로 묶어서 전력으로 운용하고 싶었지만, 이들의 성격을 봤을 때 그건 절대 무리였다. 차라리 이대로 내버려 두고 각자 명령을 내려서 움직이는 게 나았다.

"정말 제대로 하려나 보군."

"예. 참고로 하나 더 말씀드리자면, 이번 프로젝트가 성공적으로 끝나면……. 개발계획국은 이 팀들의 존재를 공식적으로 발표하고 운영할 생각입니다."

"……!"

"그만한 가치가 있는 일이니까요."

개발계획국이 직속 팀을 비공식으로 운영하는 건 세간의

시선 때문이었다. 그들은 어디까지나 정부의 기관이었고, 멋대로 폭주할 수는 없었다. 그리고 여론은 정부 주도로 탐험을 하는 것에 호의적이지 않았다.

그러나 드래곤 슬레이어 프로젝트가 성공하고 새로운 도시가 열린다면, 여론은 확실히 바뀔 것이다. 이원재는 그렇게 확신했다.

'지금이 바로 역사가 바뀌는 순간이다.'

카메론이라는 오지에 인류가 한 걸음 더 나아가는 순간. 도시가 열리고 사람들은 새로운 개척에 환호할 것이다. 그 여론을 등에 업고 공표하는 것이다.

"그건 좀……. 탐이 나는군요."

"그렇죠?"

이원재는 씩 웃었다.

'잘들 논다.'

수현은 새끼손가락으로 귀를 파며 속으로 심드렁하게 생각했다. 이원재는 새로 만들어질 도시와 그 도시에서 누리게 될 특혜를 열렬하게 떠들었다. 다들 태연한 표정으로 듣고 있었지만, 눈에는 강렬한 욕망이 반짝이고 있었다.

이 프로젝트가 끝나고 나면, 그들은 다른 이들과 차원이 다른 위치에 서게 될 것이다. 새로운 특권층이나 다름없는 위치.

“어떠셨습니까?”

“뭐……. 예상대로의 대화였어. 별일 없었지?”

“네. 시키신 대로 훈련하고 있었습니다.”

“듬직하군. 루이릴은?”

“문제를 일으키지는 않았습니다.”

“그래. 이제 슬슬 준비해야겠다.”

“독지로……. 가시는 겁니까?”

“개발계획국 보니까 아주 몸이 달아올랐어. 언제 동원령이 날아올지 모르겠군. 안전하게 하려면 지금 들어가야 할 것 같다.”

수현의 말에 서강석은 고개를 끄덕였다.

“대원들 전부 불러.”

이미 준비는 모두 마쳐놓은 상태였다. 개발계획국 측에 탐사 보고만 올린 후 적절하게 실종만 하면 그 이후의 일은 모두 알아서 굴러가게 되어 있었다.

그러나 직전에, 수현은 계획 중 하나를 바꿨다.

"루이릴을 데리고 가신다고요?"

"그래. 안 되겠어."

셋을 못 믿는 건 아니었다. 그렇지만 루이릴의 능력이 워낙 뛰어났다. 벌써부터 적응을 한 모습이 사람을 매우 불안하게 만들었다.

악의는 없지만 방심할 수 없는 상대만큼 귀찮은 게 또 있을까. 루이릴은 수현의 적처럼 노골적인 상대는 아니었지만, 방심을 했을 때 얼마든지 그를 귀찮게 만들 수 있는 상대였다.

'차라리 죽이고 마무리를 지어야 했나?'

사용 가능한 인재만 보면 어떻게든 해서 써먹으려는 건 장단점이 있는 습관이었다. 루이릴은 주원준처럼 사용 불가능한 사람은 분명히 아니었다.

루이릴을 데리고 가면 여러 걱정이 해결됐다. 우선 그가 없는 동안 루이릴이 멋대로 활동하는 걸 막을 수 있었다. 그녀는 본질적으로 트러블메이커였다.

'멋대로 중국 쪽에 들어가서 잡히기라도 한다면 정말 일이 귀찮아진다.'

그러나 이 결정은 예상치 못한 반응을 불러일으켰다. 샤이나였다.

"왜 저 엘프만 데리고 가는 거야?!"

"……?"

수현은 어이가 없다는 표정으로 샤이나를 쳐다보았다.
“무슨 소리를 하는 거지?”
“들어온 건 내가 먼저잖아. 설마 다크 엘프라고 차별하는 거야?”
“넌 독지로 들어가고 싶냐? 그게 부러워?”
황당하다는 기색이 가득한 수현의 반문에 샤이나는 움찔했다.
“뭘 착각하고 있는지 모르겠는데, 루이릴을 데리고 들어가는 건 내가 걔를 믿지 못해서야. 혹시라도 사고를 치는 걸 막기 위해서. 너를 데리고 가지 않는 건 그럴 필요가 없어서고.”
“…….”
루이릴은 믿을 수 없지만 너는 믿을 수 있다는 소리에 샤이나의 표정이 풀어졌다. 루이릴이 들어오고 나서 그녀는 더 소외되는 느낌을 받았던 것이다. 순식간에 어울리는 루이릴과 그녀는 본질적으로 차이가 났다.
“믿을 수 없으면 왜 데리고 들어온 거야? 그냥 내보내는 게…….”
“살다 보면 까다로운 사람도 다뤄야 할 때가 있지.”
수현은 샤이나의 걱정을 일축했다. 이미 루이릴의 능력을 이용하기로 결정을 내렸다. 이제 와서 몇 마디 말을 듣고 바꿀 거라면 애초에 그렇게 결정을 내리지도 않았을 것이다.

"그러면 나도 갈게."

"뭐?"

"실종되는 인원은 많을수록 좋은 거 아냐? 더 그럴듯해 보일 거 아냐."

"그렇기는 한데……. 굳이 사서 고생할 이유가 있나?"

"물론 돈은 추가로 받을 거야!"

"돈 문제는 됐고."

돈이 나올 자금줄은 넘치고 넘쳤다. 오히려 지금 고민해야 하는 건 위험한 곳에 확실한 초능력자 팀원을 데리고 들어가야 하는가였다.

루이릴을 독지에 데리고 들어가는 건, 그녀가 다치더라도 비교적 덜 손해였기 때문이었다. 수현은 팀에 애정이 있는 대원과 아닌 대원을 엄격하게 구분했다.

그에 비해 샤이나는 돈, 돈 거리기는 해도 일하는 걸 보면 확실했다.

'굳이 위험한 곳에 넣을 필요는 없는 것 같은데…….'

그러나 샤이나는 이미 단단히 결심한 것 같았다. 돈을 이유로 대고 있었지만 그건 명목상 핑계에 가깝게 느껴졌다. 여기서 괜히 거절했다가는 샤이나가 팀에서 더 겉돌 수 있었다.

'친하게 좀 지내라니까.'

"마음대로 해."

수현의 허락이 떨어지자, 샤이나는 해냈다는 듯이 주먹을 불끈 움켜쥐었다.

"저……. 혹시 시간 괜찮으십니까?"

'내가 문 앞에 상담한다고 붙여놨나?'

수현은 속으로 투덜거리며 이소희에게 들어오라고 대답했다. 그가 한동안 없어진다는 걸 알자 대원들은 미리 마음의 준비를 하고 있었어도 꽤나 심란한 모양이었다. 이소희뿐만 아니라 다른 대원들도 수현에게 계속 와서 묻고 물었다.

'이소희는 안 그럴 줄 알았는데.'

"무슨 일로 오셨습니까?"

"이번 드래곤 슬레이어 프로젝트에서 주변 사람들은 최대한 빠지게 하라고 하셨잖습니까."

"그랬죠."

"그……. 다른 용병 회사에서 일하고 있는 사람한테도 말해도 괜찮을까요?"

그제야 수현은 이소희가 왜 왔는지를 깨달았다. 수현이 아는 사람이 프로젝트와 관련되면 말리라고 말했지만, 이소희의 관련인은 보통 인물이 아니었다. 진돗개 1팀의 팀장 이정우였던 것이다.

"진돗개 1팀 팀장 때문입니까?"

"……네."

"말려도 괜찮습니다."

"……!"

"물론 저희 측에서 이렇게 노골적인 짓을 하고 있다고 말하는 게 아니라, 상당히 부정적으로 분석하고 있다고만 말하면 됩니다. 그것만으로도 충분할 걸요."

진돗개는 수현의 판단을 무시할 수 없을 것이다. 그의 판단을 무시하기에는 이미 그들은 수현에게 너무 많이 당했던 것이다.

게다가 그들은 1팀이 실종될 뻔한 쓰라린 경험이 있었다. 그런 경험은 쉽게 사라지는 게 아니었다.

'가장 좋은 방법은 아예 참가 안 하는 거겠지만, 대형 용병 회사 중에서 그럴 만한 곳이 있기나 할지 궁금하군.'

가장 가능성이 큰 결과는 진돗개의 하위 팀이 참여하는 것이었다. 이익에서 완전히 벗어나지는 않되, 위험 부담을 줄이는 방법.

"그래도…… 되겠습니까?"

"네. 괜찮습니다."

이소희는 경쟁 회사에 이익이 될 수 있는 걸 흘려도 되는지 고민하고 찾아온 것이겠지만, 수현은 그다지 상관하지 않았다.

진돗개는 이용하기 좋은 회사였으니까.

'진돗개 같은 회사가 많아져야 할 텐데 말이지.'

수현이 노리는 것과 방향성이 다른 데다가, 안의 구조도 나름 견실하고 선을 넘지 않아 예측하고 이용하기가 쉬웠다. 이미 그들은 수현에게 호구 잡힌 것이나 다름없었다.

수현은 드래곤 슬레이어 프로젝트 이후로도 진돗개가 그 규모를 유지하기를 바랐다. 새로운 호구를 찾는 것도 나름 귀찮은 일이었으니까.

"이소희 대원이 다른 팀원들에 비해 더 고생하는 거 알고 있습니다. 괜한 걱정은 하실 필요 없고 저 없는 동안 팀원들 잘 부탁합니다."

"예!"

찾아왔을 때보다 한결 더 밝아진 표정으로, 이소희는 그렇게 대답했다.

"내가 대체 왜……."

"그만 중얼거려."

샤이나가 날카로운 목소리로 루이릴을 타박했다. 지금 그들은 포슈칸에 와 있었다.

탐사 계획을 올리고 정부의 허가를 받은 후 적당한 상황을 만들어 대원들을 돌려보냈다. 이제 남은 건 독지 안으로 들어가는 것뿐이었다.

그러나 샤이나와 달리 루이릴은 이 주변에 대해 잘 알고 있었다. 포슈칸 안쪽에 매우 위험한 곳이 있다는 것도.

"독지라고 해서 그렇게 위험한 건 아니니까 그렇게 걱정부터 하지 말라고."

"……."

"앞에 서게 해줘?"

"아, 아니."

수현은 피식 웃으며 손을 뻗었다. 손에는 아무런 특징이 없어 보이는 구리반지가 끼어 있었다. 그리고 실제로 아무런 능력도 없었다.

'독지에서 염동력을 안 쓸 수는 없지.'

독지로 당당하게 들어갈 수 있는 것도 그의 염동력 덕분이었다. 다양한 형태로 사용 가능한 염동력은 마음만 먹는다면 최강의 방패도 될 수 있었다.

이 구리반지는 염동력에 대한 핑계가 되어줄 것이다.

'그나저나 마법사인 건……. 드래곤 슬레이어 프로젝트가

끝나고 슬슬 간을 봐야겠군.'

상황을 봐서 입지가 탄탄하다 싶으면 공표를 할 생각이었다. 수현의 손에 안 어울리는 구리반지가 껴있자 루이릴이 눈빛을 반짝였다.

"그거 아티팩트?"

"손 치워라. 맞기 싫으면."

"……안 가져가."

"일단 청소부터 좀 해야겠군."

"……?"

독지 안으로 들어선다고 해서 독기가 바로 올라오는 건 아니었다. 온갖 독성을 가진 놈들이 덤벼오는 것일 뿐. 수현은 주먹을 움켜쥐었다.

콰콰콰쾅!

수현을 중심으로, 원형을 그리며 장애물들이 날아갔다. 그 안에 있던 독을 가진 날벌레들이 일제히 날아올라 덤벼들었지만, 허공에 가로막혀서 움직임이 멈췄다.

'염동력 아티팩트!'

루이릴은 수현이 뭘 했는지 바로 알아차렸다. 저런 강력한 아티팩트가 이제까지 알려지지 않았다니. 이해가 가지 않았다.

"다 담자."

"이거 담는 게 의미가 있는 걸까?"

"시끄럽고."

추수하는 농부들처럼 셋은 보관용 팩에 벌레들을 담기 시작했다. 섬뜩한 독성을 띤 벌레를 보며 수현은 생각했다.

'아직 바깥쪽인데 이 정도면, 안은 혼자 들어가야 하나.'

염동력이 강력하다지만 다른 이들까지 챙겨주기에 이곳이 그렇게 만만하지가 않을 것 같았다. 독지는 괜히 독지가 아니었다. 벌레들뿐만 아니라 이 주변에 있는 놈들은 다 강력한 독성을 갖고 있을 것이다.

수현은 우선 은신처를 찾았다. 작은 동굴이 적합했다. 염동력으로 주변의 생명체를 깡그리 쓸어버리고, 입구만 막으면 안전했으니까.

"이제 어떻게 하면 되지?"

"버티면서 기다리는 거지. 에이다가 소식을 전해 줄 테니까."

루이릴의 얼굴이 찡그려졌다. 이런 식으로 참고 견디는 건 그녀의 성격에 가장 맞지 않는 일이었다.

"싫은데……."

"싫으면 그냥 죽으면 된다."

"……."

"넌 괜찮겠어?"

"이 정도는 각오하고 왔어. 혼자 돌아다닐 때는 더 위험한 곳도 많았다고."

그랬을 것 같지는 않았지만, 수현은 굳이 지적하지 않았다.

'최소 반년에서 일 년은 각오해야 하겠지.'

그동안 독을 모아서 초능력을 완성시켜야 했다. 시간을 허투루 쓸 수는 없었다.

바로 다음 날부터 수현은 일을 시작했다. 은신처를 완성시키고 물자를 옮긴 후 독을 찾아다니기 시작한 것이다. 한 번 잡은 종의 몬스터는 잡지 않고 바로 골라내는 수현의 눈썰미에 두 명은 혀를 내둘렀다.

"그걸 다 기억할 수 있어?"

"대충. 요령만 있으면 가능하지."

뱀의 목을 비틀고 팩에 던진 후 수현은 허리를 폈다. 이제 슬슬 안쪽으로 들어가야 했다. 이 주변에서 챙길 수 있는 독은 다 모은 것 같았다.

"내가 없어도 루이릴하고 잘 지낼 수 있지?"

"사람을 뭐로 보고. 그런데 왜?"

"안쪽은 혼자 들어갈 생각이야. 괜히 같이 들어갔다가는 귀찮을 것 같아서."

루이릴은 수현이 혼자 들어간다고 하자 노골적으로 좋아하며 박수를 쳤다.

'그냥 데리고 들어가 버릴까…….'

수현의 속마음을 읽었는지, 루이릴이 급히 태도를 바꾸며 말했다.

“잘 갔다 와. 조심해서!”

“샤이나, 저거 수상한 짓 하면 그냥 바로 공격해 버려.”

“응.”

“…….”

그러나 수현은 독지의 안쪽으로 들어가지 못했다. 의외의 일이 벌어진 것이다.

“들짐승이라니. 여기 생태계는 알 수가 없군.”

멀리서 보이는, 사슴을 닮은 몬스터의 숨통을 일격에 끊으며 수현은 중얼거렸다. 사슴을 닮았다고 해서 방심할 수는 없었다. 여기는 카메론이었고, 지금 수현이 있는 곳은 그중에서도 가장 위험한 곳 중 하나였다. 저 사슴도 무슨 독을 갖고 있을지 몰랐다.

“……?”

사슴을 죽이고 몸에서 독을 채취하려는데, 이상한 게 보였다.

26장
도망자들

그건 총상이었다. 사슴이 쓰러진 곳 옆에 다른 사슴의 시체가 있었던 것이다.

"……?"

수현의 얼굴이 굳었다. 그가 총상을 못 알아볼 리 없었다.

'이게 왜 여기에?'

수현은 여기 와서 초능력으로 몬스터를 상대하고 있었다. 굳이 화기를 써서 몬스터를 잡을 만한 필요성을 느끼지 못하고 있었기 때문이었다. 그건 루이릴이나 샤이나도 마찬가지였다.

'독기가 적군.'

사슴의 내장에는 독이 퍼져있지 않았다. 이 독지에 사는 생물들은 대체로 몸 안에 독이 퍼져 있었다. 그렇다면 이놈은 밖에서 총을 맞은 후 여기까지 도망친 것이 분명했다.

그렇다면 여기서 꾸물거릴 시간이 없었다. 수현은 그가 잡은 사슴의 배를 갈라 간을 꺼내고 피를 담았다. 만약을 모르니 조건을 충족시키기 위해 독을 가장 많이 담아두고 있는 간도 가지고 가야 했다.

"으윽……."

입안에서 가득 쓴맛이 느껴졌다. 모래알을 씹은 것 같은 느낌이었다. 걸으면서 생간을 씹은 후 수현은 억지로 그걸 삼켰다.

또 하나의 조건이 충족되었다. 다행히 피는 마시지 않아도 됐지만, 수현은 전혀 기쁘지 않았다.

'빌어먹을, 대마도사라는 놈이 왜 이렇게 조건을 까다롭게 만들어놨어? 그냥 손에 재료만 대도 흡수하게 할 수 있었잖아?'

여기 와서 늘어난 건 욕밖에 없는 것 같았다. 맛을 잡기 위해 몇 개 가지고 온 게 있기는 했지만 원판의 맛이 워낙 끔찍해서 별다른 소용은 없었다.

벌레에 설탕을 쳐도 벌레는 벌레였다.

덕분에 하루가 지날 때마다 독공을 익히기 위한 조건은 빠르게 채워지고 있었지만…….

불평을 하면서도 수현의 눈은 흔들리지 않았다. 몬스터의 흔적을 찾아 뒤쫓는 건 그의 전공이었다. 얼마 지나지 않아 수현은 희미한 발자국을 역으로 쫓아서 달려 나갔다.

기껏 들어왔던 독지 바깥으로 다시 나가게 되었지만, 수현은 아랑곳하지 않았다. 어차피 독을 모을 시간은 충분했다. 지금 신경 써야 하는 것은 다른 것이었다.

이 포슈칸에 누군가 다른 사람이 있었다.

'대체 어떤 놈이야?'

물론 다른 사람이 있을 수도 있었다. 탐험대, 의뢰를 위해 들어온 용병대……. 그렇지만 포슈칸은 이미 몇 번의 탐험대의 정찰로 그럭저럭 견적이 나온 곳이었다. 인류가 괜히 이곳을 내버려 두고 움직이는 게 아니었다.

비교적 사람이 북적거리는 곳에서도 인간들은 서로 만나서 좋을 게 없었다. 하물며 인적이 드문 곳에서라면. 게다가 수현은 지금 얼굴을 보여서 좋을 게 없는 상황이었다.

'덫이다.'

빠르게 움직이던 수현은 발걸음을 멈췄다. 지금 수현은 독지의 외곽을 뚫고, 원래 그가 머물던 곳의 반대쪽으로 더 들어왔다. 포슈칸의 더 안쪽으로 들어온 셈이었다.

'사람을 노린 덫은 아니고……. 몬스터를 노린 덫이군.'

침입자를 노리기에는 꽤나 허술한 덫이었다. 이 주변을 돌아다닐 정도의 사람들이 이런 함정에 당하지는 않을 것이다.

수현은 가볍게 염동력으로 함정을 쳤다. 올가미가 조여지더니 위로 튕겨 올랐다.

'그런데 너무 약하지 않나? 이걸로 잡을 수 있는 건 기껏해야 사슴 정도 아닌가.'

포슈칸에도 몬스터는 있었다. 약한 몬스터면 몰라도 어느 정도 방어력만 되도 저런 함정 정도는 바로 뚫고 나올 것이다.

"좀 잡았냐?"

"아니, 죽겠다. 사슴 씨가 마른 거 아냐? 일주일 동안 고기를 본 적도 없는 거 같아. 물고기는 질리는데."

"그나마 먹을 게 있다는 게 다행이지."

"그렇지. 그렇긴 한데……."

수현은 몸을 숨겼다. 두 명의 남자가 덤불을 헤치고 걸어나오더니 함정을 확인했다.

"덫은 작동했는데?"

"젠장. 또 허탕이야?"

그들의 복장은 용병이라고 보기에는 조잡했고 탐험가라고 보기에는 무거웠다. 수현은 살짝 혼란스러움을 느꼈다.

"이 주변 사슴들이 점점 영악해지는 거 같지 않냐."

"시끄러워."

"고기 먹고 싶다……."

"닥치라니까. 사슴 말고 호랑이 만나고 싶지 않으면."

수현은 그들의 뒤를 쫓았다. 방심하고 있는 두 명의 뒤를 쫓는 건 그에게 숨 쉬는 것처럼 쉬운 일이었다. 한 시간쯤 걸었을까, 그들은 갑자기 땅 밑으로 사라졌다.

"……?!"

땅 밑으로 사라졌다는 것에 놀란 건 아니었다. 아마 땅을 파고 밑에 야영지를 만들어놓은 것이 분명했다. 수현도 쓰던 방법이니 놀랄 건 없었다. 놀란 건 이 포슈칸에서 그러고 있다는 점이었다. 어지간히 오래 있을 게 아니라면 저럴 이유가 없었다.

'원견.'

생각보다 더 제대로 만들어진 야영지였다. 하루 이틀 묵으려고 만든 건 아닌 것 같았다. 전등부터 시작해서 각종 생활 물품들과 가구, 탈출로까지. 꽤나 경험 있는 용병들이어야 만들 수 있는 곳이었다.

수현은 이들의 정체가 슬슬 짐작이 가기 시작했다.

'탈주 용병인가?'

탈주 용병, 도망 용병, 레니게이드 머서너리……. 여러 표현으로 불리지만 뜻은 하나였다. 인류 사회에서 도망친 용병들.

용병이라고 해서 치외법권에서 사는 건 아니었다. 걸릴 확률이 조금 낮을 뿐이었지 그들도 범죄가 적발되면 처벌을 받았다. 심지어 중국이나 러시아도 공공연하게 범죄가 드러나면 처벌을 했다.

이종족 상대로 학살을 저지르거나, 자원을 독점하기 위해 경쟁자를 제거하거나……. 용병들이 할 수 있는 범죄의 목록은 너무 길어서 정리하기가 힘들 정도였다.

저지른 범죄가 발각된 용병들이 선택할 수 있는 건 두 가지였다. 도시의 감옥으로 들어가 처벌을 받던가, 아니면 카메론의 안쪽으로 도망치던가.

카메론은 그 특성상 도망자들의 천국이었다. 물론 어지간해서는 몬스터한테 죽느니 감옥에 들어가는 걸 선택했지만, 그래도 도박을 거는 이들은 심심찮게 나왔다.

운이 좋다면 인류가 관심을 가지지 않을 정도로 깊숙한 곳으로 들어갈 수 있었다. 그렇게 된다면 일단 추적으로부터는 자유로워졌다.

'이거 또 귀찮은 놈들을…….'

수현은 혀를 찼다. 그는 비교적 상관없었다. 어차피 독지 안으로 들어가서 독을 모으고 다닐 생각이었으니까. 그러나 샤이나나 루이릴은 재수 없을 경우 마주칠 수 있었다. 반대

쪽에 있다지만 돌아다니다 보면 충분히 가능한 일이었다.

다른 건 몰라도 탈주 용병들은 스스로의 행적에 매우 민감했다. 알려질 경우 추적대가 올지도 몰랐으니까. 그들의 목에는 대부분 현상금이 걸려 있었다.

'여기서 제거해 둘까.'

괜히 불편한 이웃들과 같이 생활할 필요는 없었다.

쾅!

"……?!"

느긋하게 벽에 기대고 있던 용병들은 갑자기 들린 소리에 기겁해서 몸을 일으켰다.

"몬스터?!"

"아니."

수현은 시야에 들어온 이들을 확인하고서 손가락을 튕겼다. 그들은 일격에 튕겨 나갔다. 이들 중에 초능력자가 있을 수도 있었으니 방심은 금물이었다.

'언제나 선공이지.'

초능력자 싸움에서 선공의 중요성은 몇 번 말해도 모자람이 없었다. 아무리 강한 초능력자라도 먼저 맞고 죽는다면 의미가 없었으니까.

"너, 뭐야……?!"

"그건 내가 할 질문이고."

수현은 염동력의 조준을 하기 쉽게 쓰러진 이들을 한곳에 모았다. 그의 염동력은 강력했지만 완전하지는 않았다. 소모가 비교적 심했고 범용성이 높은 탓에 조준할 때 특히 더 신경을 써야 했다.

"제압 끝났고. 탈출로로 도망친 놈은 없군. 네가 팀장이냐?"

리더로 보이는 남자 한 명만을 내버려 둔 수현이었다.

"너……."

"손 움직이려고 하지 말고. 지금 내가 너희 모두를 제압하고 있느라 조금 예민한 상태거든? 같잖은 짓을 한다면 그대로 목부터 꺾는다."

어떻게든 손을 움직이려고 하던 이도전은 그 말을 듣고 동작을 멈췄다. 완전히 상대방한테 말렸다. 상대방은 최소 A급 이상의 염동력 능력자. 이런 상대방한테 먼저 제압당하고 시작하면 방법이 없었다.

"……원하는 게 현상금이냐?"

"역시 탈주 용병이었군."

"역시라니. 무슨……? 우리를 쫓아온 게 아니었나?"

"쫓아온 건 아니지. 우연히 발견했을 뿐이고."

"그, 그러면 어째서?"

"어째서냐니. 너희들 스스로가 답을 잘 알지 않나? 탈주 용병들과 만나면 어떻게 되는지. 서로 웃으면서 헤어지는 건 불가능하잖아.”

“…….”

수현의 말은 사실이었다. 이도전은 입을 다물었다. 확실히 여기서 다른 외부인을 만났다면 비밀 유지를 위해 어떻게든 했을 것이다.

“그래도 아직 아무런 짓도 안 했는데…… 커헉!”

“내가 그쪽한테 말하라고 한 적은 없는 것 같은데?”

입 한 번 열었다가 그대로 몸이 짓눌리는 느낌에 남자는 신음을 토해냈다.

“그러면 이제 어떻게 할 거지? 우리를 끌고 가서 넘길 건가?”

“뭐, 그것도 나쁘진 않지. 현상금이라고 해봤자 푼돈이지만…….”

용병들은 황당하다는 표정을 지었다. 그들의 현상금이 푼돈이라니. 그들에게 걸린 현상금은 억대의 돈이었던 것이다.

“우리 현상금이 얼마인지 아…….”

“닥쳐, 멍청한 새끼야. 저놈한테 말해줘서 뭐 어쩌려고?!”

불행하게도 수현은 그들의 목소리를 다 듣고 있었다.

“현상금이 얼마인지 아냐고? 많아 봤자 억 정도겠지. 몬스터 말고 인간한테는 어지간해서 그렇게 크게 안 걸리잖아.”

“억이 푼돈이라고?”

“돈 많은 놈한테는 푼돈이지. 그보다 너희들 신분이나 말해봐."

"그건 어째서? 커헉!"

"여기서 죽을래, 아니면 그냥 말할래?"

"말, 말할 테니 그만……. 우리는 가온길 2팀이다."

"뭐? 어디서 헛소리를. 가온길 2팀은 다른 놈들이잖아."

"예전 2팀. 지금은 다른 놈들이 하고 있겠지."

가온길. 주원준과 서강석이 있던 대형 용병 회사. 수현은 의외의 이름에 눈썹을 찌푸렸다.

'사칭하는 거 아냐?'

"서강석을 아나?"

"……그게 누군데?"

"이 새끼들이……."

"컥, 커헉! 왜 이러는 거야!"

"가온길에 있었다는 놈들이 서강석을 몰라?"

"몰라! 정말 처음 듣는 놈이라고!"

거짓말을 하는 것 같지는 않았다. 수현은 목을 조르던 걸 풀었다. 그제야 서강석이 시간상 늦게 들어왔을 수도 있다는 생각이 들었다.

"주원준은?"

"그 새끼는 당연히 알고!"

"그 개새끼!"

사람은 같은 것을 좋아할 때보다 같은 것을 싫어할 때 더 쉽게 친해지기 마련이었다. 수현은 전 가온길 소속에 주원준을 싫어하는 이들에게 흥미가 생겼다.

"주원준을 왜 그렇게 미워하나?"

"넌 주원준하고 어떻게 아는 사인데?"

"개인적으로 아는 사이는 아냐. 이름만 들어봤지. 가온길 2팀 팀장."

"뭐?! 그 개새끼가?!"

"대답이나 해."

"그 새끼가 우리 뒤통수를 치고 우리한테 누명을 씌웠으니까!"

그들이 가온길 2팀이었을 때, 주원준은 가온길 3팀의 팀장으로 일하고 있었다. 그는 꾸준하게 범죄를 저질러왔고, 위험할 것 같은 순간이 되자 증거를 조작해서 가온길 2팀과 다른 용병 회사에게 떠넘겼다. 워낙 철저하게 준비한 덕분에 그들은 변명도 할 수 없었다.

남은 건 감옥에 들어가거나 도망치는 것뿐. 감옥에 들어가는 순간 주원준이 증거를 인멸하기 위해 철저하게 마무리를 지을 거라는 걸 알았기에 그들은 후자를 선택했다.

"다른 놈들도 끼어 있었나?"

"컨택트, 대성, 삼두룡, 다 같이 엮여서 들어갔어. 다 같이 도망갔고. 여기 와서는 갈라졌지. 무슨 일 있으면 각자 연락만 주기로 했다."

"흠……."

이도전은 말을 하면서도 회의감을 느꼈다. 이렇게 말을 하는 게 의미가 있는 것인가? 어차피 이런 말을 해봤자 상대의 생각을 돌릴 수는 없을 텐데.

상대는 아마 가온길의 주원준을 알고 있는 것 같았다. 그런 상황에서 탈주 용병들이 하는 소리를 들어봤자 제대로 믿기 힘들 게 분명했다.

"고생이 많았겠군."

"……?!"

"믿어주는 건가……?"

"뭐야. 거짓말이었나?"

수현이 손을 뻗자 이도전은 기겁해서 고개를 저었다. 몸이 제압당해 있어서 움직일 수 있는 게 고개밖에 없었다. 수현의 손이 마치 저승사자의 손처럼 느껴졌다.

"주원준이 여러모로 뒤가 구린 놈이긴 하지. 의심을 하고는 있었는데, 그런 짓도 했었나."

"……!"

탈주 용병들은 순간적으로 감격한 표정을 지었다. 아무도 믿어주지 않아 서로만을 의지하고 탈주한 지 몇 년이 넘었다. 그런데 오늘 처음 만난 외부인이 그들의 말을 이렇게 믿어주다니.

"앉아."

"어, 네."

무의식적으로 이도전은 존댓말을 하고 있었다. 수현이 염동력을 풀어주고 손가락을 까딱거리자 그는 조심스럽게 의자 위에 엉덩이를 붙였다.

"뭐로 엮였지? 이종족 학살?"

"어, 어떻게?"

"가장 엮기 좋은 중범죄니까 짚어봤어. 역시 이종족 학살인가."

"예. 오크 촌락 6개에 대한 학살 혐의로……."

수현은 손가락으로 팔걸이를 두드리며 생각에 잠겼다. 시간은 많이 남았지만, 드래곤 슬레이어 프로젝트 이후도 생각을 해둬야 했다. 워낙 거대한 프로젝트였기 때문에 실패하고 나면 판도 자체가 뒤바뀔 것이다.

'그리고 새로운 경쟁자들도 나오겠지.'

그 대표적인 예시가 주원준이었다.

드래곤 슬레이어 프로젝트 때문에 타격을 입은 정부는 어떻게든 대책을 세우려고 했다. 군 내 특수부대 육성은 그 일환이었다. 그렇지만 그것만으로는 한계가 있었다.

결국 기존의 방식인 용병 회사와의 협력도 다시 꺼내 들게 되었다. 물론 개발계획국에서 운영하던 팀이 전부 날아가 버린 충격 때문에 기존의 방식보다는 훨씬 외주에 가깝게 변했지만…….

주원준은 드래곤 슬레이어 프로젝트 이후 시대에 이름을 떨친 실력자였다. 수현과 마찬가지로. 그리고 그는 아무리 봐도 수현에게 좋은 영향을 끼칠 리가 없었다.

'예전에도 암암리에 경쟁자를 견제하려던 놈이니…….'

놈의 머릿속에는 '선의의 경쟁'이란 단어 따위는 없었다. 업체에 경쟁자가 있으면 경쟁자를 끌어내려서 자기가 올라가는 걸 선호하는 놈이었다.

미리 준비를 하는 게 좋았다.

"앞으로의 계획은?"

"예?"

"앞으로의 계획은 어떻게 되냐고."

"계획이 어떻게 되냐니……."

그런 건 없었다. 여기까지 도망친 것도 솔직히 행운이 많이 따라서 가능한 일이었다.

"없나?"

"……."

"평생 도망자로 살 생각인가? 그런 걸 좋아하면 말리지야 않겠지만."

"그런 건 아닙니다. 하지만 방법이 없잖습니까!"

"방법이 없다는 건 착각이야. 세상 모든 일에는 방법이 있지. 만약 내가 너희들의 누명을 풀어준다면 어떻게 할 건가?"

"……!"

용병들은 서로 얼굴만 쳐다보았다. 수현의 말은 그만큼 현실성이 없게 느껴졌던 것이다. 여기 다짜고짜 들어와서 그들의 말을 믿어준 것도 잘 믿기지 않았는데, 하물며 누명을 풀어줄 수 있다는 것은 더더욱 그랬다.

가장 먼저 반응한 건 이도전이었다.

"뭐든지……."

"뭐든지?"

"뭐든지 다 하겠습니다."

수현은 씩 웃었다.

"듣기 좋은 말이군."

"그렇지만……. 몇 가지 물어봐도 되겠습니까?"

"물어봐."

"뭐하시는 분이신지, 그리고 우리의 누명은 왜 풀어주시려는지……. 그리고 여기에는 왜 왔는지."

"대답 맡겨놨나? 제압당한 주제에 질문이 많군."

이도전은 얼굴을 붉혔다. 실제로 수현의 말은 타당했던 것이다.

"뭐, 나는 관대하니 그 정도는 대답해 주지. 적어도 앞으로 몇 년은 걸릴 일이니 그쪽도 의심이 많아지면 견디기 힘들겠지? 나는 그쪽과 마찬가지로 용병이다. 그쪽은 아마 잘 모를 거야. 신생이라. 그렇지만 그쪽의 누명을 풀어줄 정도의 힘은 있다."

수현은 그들이 바로 믿지 못할 것이라고 생각했다. 그러나 그들은 의외로 손쉽게 수긍했다. 수현의 초능력 때문이었다. 저 정도 초능력자가 그 정도의 위치가 아니라면 그게 놀라운 일이었다.

"누명을 왜 풀어주느냐, 이건 두 가지 이유가 있지. 첫 번째는 내가 주원준을 별로 안 좋아하기 때문이야. 너희들의 누명을 풀어주는 건 곧 주원준을 공격하는 걸로 이어지겠지. 벌써 기분 좋지 않나?"

여기 있는 이들은 주원준의 이름만 들어도 이를 가는 이들이었다. 벌써 빠득거리는 소리가 들렸다.

"두 번째는 뭡니까?"

"내가 필요할 때 나와서 싸워줄 만한 놈들이 필요해. 그게 기록에 안 남는 놈들이라면 더더욱 좋겠지. 누명이 풀려서 공식적으로 복귀하기 전까지 너희들은 서류에서 지워진 사람들이야. 언제 어디서 어떻게 싸워도 꼬리를 잡히기 힘들다는 거지."

수현이 그의 직속 부대는 소수 정예로 운용하고 있었지만, 그래도 숫자가 필요할 때가 있을 것이다. 그럴 때를 대비해서 여러모로 인맥을 쌓아두고 있었지만, 그래도 소매 안에 마음대로 쓸 수 있는 패를 넣어두는 것은 나쁘지 않았다.

수현의 말은 노골적이었다. 언제 누명이 풀어질지 확실히 말해줄 수는 없지만 그 전에는 너희를 써먹겠다는 것 아닌가.

그러나 이도전은 그 노골적인 태도가 오히려 신뢰가 갔다. 무언가 숨기고 있는 티를 내지 않고 당당하게 거래를 할 거면 하고 마려면 말라는 그 태도가.

더 이상 속는 것은 질색이었다.

"필요할 때 나와서 싸워달라는 건……. 몬스터입니까?"

"뭐? 몬스터 잡을 때 너희 힘이 필요할 일이 있…… 을 수도 있긴 한데, 그럴 것 같지는 않고. 초능력자가 몇 명이나 된다고 시키겠나."

"그러면 뭡니까?"

"카메론에서 적이 몬스터만 있는 건 아니지."

"……!"

이도전은 그제야 수현이 뭘 말하는지 깨달았다. 지금 수현은 사람을 공격한다고 말하고 있는 것 아닌가.

'이 인간……. 대체 뭐하는 인간이지?'

보통 용병은 대인 전투를 준비하지 않았다. 이도전은 무의식적으로 침을 꿀꺽 삼켰다. 그는 그의 손에 땀이 흥건해졌다는 것을 눈치챘다.

"강요는 안 해. 이건 진심이야. 거절한다고 해서 너희를 죽이거나 하지는 않는다. 서로 건드리지 않겠다고 약속한다면 그냥 물러나 주지."

수현은 표정 하나 변하지 않고 거짓말을 했다. 그러나 용병들에게는 진심으로 들렸을 것이다.

"어쩔 건가?"

"우리가 당신을 위해 싸운다면, 당신도 최선을 다해 우리의 누명을 풀어주실 겁니까?"

"약속하지."

이들에게는 선택의 여지가 없었다. 목숨을 건지기 위해 도망쳤지만 그 이후로는 하루하루 연명하는 삶. 이 삶에서 벗어나기 위해서라면 어떤 도박이라도 마다할 수 없었다. 그게 설령 악마와의 도박이라도.

"……충성을 다하겠습니다."

"다른 탈주 용병들과도 접촉을 끝내놓도록. 의견은 통일시켜놔. 만약 거절하는 놈이 있다면, 그 자리에서는 그냥 넘어가고."

"예?"

"처리는 조용히 해야 하니까."

"아마 다들 찬성할 겁니다."

이도전은 다른 이들을 알고 있었다. 모두 주원준에 대한 원한과 사회에 대한 강한 복귀 열망을 갖고 있는 이들이었다.

"돌아가고 나면 내가 따로 접촉을 할 테니까 그때까지는 조용히 몸 숨기고 있도록. 괜히 나서다가 들키지나 말고. 이 주변은 어지간해서는 사람이 안 올 테니까 만날 일은 없을 거다."

"그런데 여기는 무슨 일로 오신 겁니까?"

그러고 보니 아까 질문에 대한 대답을 듣지 못하고 있었다. 이도전은 생각이 나서 다시 물었다.

"독지에서 필요한 게 있어서."

"예?! 설마요?!"

이도전은 수현의 말을 듣고 기겁했다.

"왜 그러지?"

"아, 아니……. 거기로 들어가는 사람이 있을 거라고는 생각지 못했습니다."

이도전의 눈빛은 미친놈을 쳐다보는 눈빛과 수현을 걱정하는 눈빛이 절반씩 섞여 있었다. 그가 수현을 걱정하는 이유는 간단했다. 기껏 믿고 걸어봤는데 그가 독지에 가서 죽어버리면 일이 허사가 되는 것 아닌가.

"거기는 왜 들어가려고 하십니까?"

"필요한 게 있어서. 주기적으로 여기에 들리겠다. 다른 탈주 용병들과 접촉을 끝내면 와서 보고하도록."

"들리신다고요?"

"같이 싸우게 될 전력인데 어느 정도인지 확인은 해봐야지."

드래곤 슬레이어 프로젝트 이후로는 몬스터보다 사람을 상대해야 할 일이 많아질 것이다. 용병 회사들이 진출해서 안정된 지역도 공백이 생길 것이고, 그런 공백은 모든 이들이 탐을 냈다.

'특히 중국 쪽. 이제 진짜 부딪힐 각오를 해야 한다.'

서로 활동 영역이 다르다는 것 때문에 이제까지는 비교적 걱정을 하지 않았지만, 이제 진짜로 부딪힐 각오를 해야 했다.

"그러면……. 다음에 뵙겠습니다."

"아. 온 김에 식사만 하고 가지. 여기 주변에서는 은신처 만드는 것도 일이라서."

"네? 그러시죠."

외부에서 식량을 조달할 수 없는 이들이었기에 최우선적으로 해야 하는 일은 식량 조달이었다. 고기를 잡아서 훈제하고 보존식품을 만들고……. 여러모로 고생이 많았다.

그에 비해 수현은 외부에서 온 사람. 이런 곳에 오기 전에는 아주 잘 먹었을 게 분명했다.

'굳이 여기서 먹을 필요가 있나?'

그 생각은 수현이 꺼낸 팩을 보자 바로 바뀌었다.

"그, 그게 뭡니까……?"

"내 식사다."

이제는 독만 따로 빼서 추출하는 것도 귀찮아졌다. 한두 개를 채워야 하는 것도 아닌 상황. 수현은 이제 어지간해서는 그냥 통째로 삼켰다.

'미친놈 아냐?!'

무표정한 얼굴로 뱀의 날고기를 씹어 삼키는 수현을 경험 많은 용병들도 질리게 만들었다. 으적거리는 소리를 내며 씹어 삼킨 후 수현은 입을 열었다.

"그러고 보니 검은꼬리사슴을 잡으려고 덫을 놨던데."

"예. 식량을 확보하려고……."

"덫이 별로더군. 몬스터라고 너무 만만하게 보지 말고, 최대한 위장을 해둬. 그리고 그런 식의 밧줄 덫보다는 바닥에 파는 함정이 나을 거야."

수현은 몇 가지에 대해서 전문가였고, 그중에서 또 몇 가지는 그가 최고라고 자부하고 있었다. 카메론에서 혼자 생존하며 버티는 것도 거기에 들어갔다.

"그러면 나중에 보지."

수현이 떠나자 남은 용병들은 작은 목소리로 중얼거렸다.

"잘한 걸까요?"

"지금 이대로보다는 낫겠지."

"일단 능력 하나는 확실해 보이니까……. 저 정도 능력자면 절대 낮은 위치는 아닐 테고. 주원준하고 맞붙을 수 있을 거야."

"약간 또라이 같던데……."

"원래 대단한 초능력자 중에서는 약간 이상한 놈들 많잖아. 저 정도면 양호한 거지. 뭐 저런 걸 해서 능력을 강화시킨다거나 하는 거겠지."

이도전은 말하면서도 그의 말에 설득력이 없다는 걸 느꼈다. 대체 왜 저런 걸 먹는지 이해가 가지 않았다.

그러나 한 가지는 확실했다. 수현은 절대로 능력이 없는 사람은 아니었고, 지금 그들이 기댈 수 있는 건 그밖에 없다는 것.

"움직이자. 다른 놈들 찾아야지."

'또 중복인가.'

독지의 안쪽으로 점점 들어가면서, 수현은 독이 채워지는 속도가 줄고 있다는 걸 깨달았다.

'남은 건 이제 세 개뿐. 더 안으로 들어가야 하겠군.'

정말 진저리 나는 시간이었다. 위장이 보호받지 않았다면 벌써 쓰러졌을 것이다. 다른 사람이었다면 포기하고 도망쳐 나왔을 일을, 수현은 한 걸음씩 해내온 것이다.

수현이 보기에도 더 안쪽은 오싹할 정도였다. 원견으로 봤을 때 보이는 생물의 숫자가 눈에 띌 정도로 적었다. 독이 강력해서 버틸 수 있는 놈들의 숫자가 줄어든 것이다.

그리고 거기서 살아난 놈들은 그만큼 강력한 독을 가지고 있을 게 분명했다.

'한 번 정비하고 다시 들어간다.'

그러나 수현은 아랑곳하지 않았다. 기계적으로 몬스터를

죽이고 먹고 죽이고 먹고를 반복한 그에게 있어서 이제 안의 놈들은 먹어야 할 놈들로밖에 보이지 않았다.

은신처에 도착하자 의외의 손님이 와있었다.

"에이다?"

"그대여. 잘 지냈는가? 얼굴이 많이 상한 것 같군."

"그 정도면 다행이지."

루이릴은 오랜만에 에이다가 온 것에 매우 반가워하고 있었다. 샤이나야 그렇다 치더라도 루이릴은 여기에서 계속 갇혀 있어야 하는 걸 달갑게 받아들이지 못했던 것이다.

"이렇게 온 걸 보니 밖에 무슨 일이 생겼나 보군."

에이다는 고개를 끄덕였다.

"드래곤 슬레이어 프로젝트가 시작됐다고 들었네. 아마 머지않아 병력이 출발할 것이라고……."

시간상으로 괜찮았다. 독공을 완성시킨 후 나가면 괜찮을 것이다.

"수색대는?"

"수색대는 편성되지 않았네."

"……?"

"그대가 실종될 정도의 일이라면 수색대를 섣불리 투입할 수 없다고……."

'아.'

수현은 그가 한 가지를 놓치고 있었다는 걸 깨달았다. 그건 수현이 했던 일들이었다. 그는 혼자서 케바스왁에 들어가 진돗개 1팀을 구해냈고, 별거 아닌 전력을 이끌고 들어가 카크리타 계곡을 깼다.

그런 그가 실종되었다는 건 가볍게 받아들일 수가 없는 일이었다. 어지간한 팀은 받아들이지 않을 것이다.

더욱이 정부는 현재 드래곤 슬레이어 프로젝트를 앞둔 상황. 전력을 쉽게 움직일 수 없었다.

'내 이름값을 자꾸 착각하게 된단 말이지.'

"아주 잘 됐군."

"우리도 한시름 놓았네. 수색대가 와서 물어보게 된다면 아무래도 곤란하니까 말일세."

"아니, 그것도 그거지만."

수현은 웃으면서 고개를 저었다.

'수색대를 아예 안 보낼 줄이야.'

개발계획국 내에서도 나름 머리를 굴려서 내린 결정이겠지만, 덕분에 그들은 더더욱 불리하게 됐다. 일이 끝난 후 수현이 복귀하면 이걸로 그들을 탓할 수 있는 것이다.

직속 팀을 위해 수색대 하나 보내지 않다니!

'멍청하기는. 아무리 그래도 명목상 하나 정도는 보내놨어야지.'

핑계를 만들 수 있는 상황을 스스로 차버리다니. 수현은 그들의 마음이 훤히 보였다. 자신감에 차 있는 게 분명했다. 어차피 드래곤 슬레이어 프로젝트가 성공하면 그들의 위치는 하늘 높은지 모르고 솟구칠 테니까. 수색대 하나 안 보낸 걸로 귀찮아질 리 없다는 게 그들의 생각일 것이다.

그러나 실패는 멀리 있는 게 아니었다. 언제나, 누구에게나 일어날 수 있었다.

"수색대가 편성 안 됐다면 더 이상 이럴 필요가 없지. 둘은 에이다를 따라 돌아가도록. 마을 내 은신처에 숨어 있어."

"그래도 괜찮아?"

"상관없어. 수색대만 아니면 마을 내를 뒤질 놈은 없으니까. 나는 마무리를 짓고 돌아간다. 시간에 맞출 수 있겠군."

수현은 다음 시도에서 독공을 완성시킬 생각이었다.

모든 준비를 마치고, 수현은 독지의 가장 안쪽으로 출발했다. 이제까지 염동력으로 비교적 쉽게 위기를 해결해 온 그였지만 긴장이 풀리지는 않았다.

'생명체가 없다는 게 신경 쓰여.'

적응도 적응이었지만, 무슨 다른 이유가 있는 게 아닌가 신경 쓰였다. 환경 자체에 독성이 강해졌다면, 수현의 염동력도 한계가 있었다. 그도 숨은 쉬고 살아야 했으니까.

'염동력을 바로 발동할 수 있도록 준비한 상태에서, 치유 능력까지 돌리면……. 아무리 나라도 힘든데.'

초능력은 소모 없이 계속해서 쓸 수 있는 능력이 아니었다. 체력처럼 휴식과 충전이 필요했다.

게다가 치유 능력은 들어온 독을 완전히 해독해 주지 못했다. 독성이 퍼져서 몸을 파괴하는 걸 치유해 줄 뿐. 수현이 괜히 독공을 얻기 위해 이 고생을 하는 게 아니었다.

사박거리는 발소리가 유난히 크게 들렸다. 생각해 보니 카메론에서 이렇게 조용한 곳에 있었던 건 오랜만이었다.

–크르릉…….

"……?"

멀리서 나무 사이를 뚫고 나타난 건 녹색 털을 가진 호랑이였다. 포슈칸 호랑이는 외곽에서 가끔 보이는 몬스터였다. 맹수다운 재빠른 움직임과 끈기, 포악성을 갖고 있는 몬스터. 그러나 수현의 적수는 아니었다.

수현이 놀란 건 놈의 색 때문이었다. 원래는 저렇게 짙고 기분 나쁜 녹색을 가진 놈이 아니었다.

쉭!

천천히 걸어오면서, 포슈칸 호랑이가 나무에 발톱을 휘둘렀다. 포슈칸 호랑이는 저 정도 두께의 나무는 힘으로 부술 수 있었다.

그러나 나무는 부서지지 않았다. 발톱이 닿자 그대로 밑동이 녹아내린 것이다.

"……!"

수현은 경악했다. 발톱에 독이 있다는 건 놀랍지 않았다. 독지에 사는 생명체들은 몸 어딘가에 독을 하나씩 갖고 있었다. 그렇지 않은 놈이 이상한 것이었다.

그러나 저 독은 정상적인 독이 아니었다. 현존하는 어떤 독도 저 정도 되는 나무를 바로 녹여버릴 수는 없었다. 저건 이미지상의 독, 가상의 독에 가까웠다.

'초능력……!'

실제로 존재하는 독을 몸의 기관에서 만들어서 토해내는 게 아닌, 초능력과 비슷한 원리로 독을 만들어낸 게 분명했다. 몬스터 중에서도 초능력 비슷한 걸 쓰는 놈들은 흔히 볼 수 있었다.

'독지에 적응하기 위해 각성한 건가, 아니면 각성한 놈만 살아남은 건가?'

어찌 되었든 간에 오래 두었다가는 위험할 게 분명했다. 저런 초능력으로 만들어진 독은 어떤 식으로 작용할지 알 수가 없었다. 수현은 염동력으로 호랑이를 공격할 준비를 했다.

-크릉!

"……?"

그러나 호랑이는 더 이상 다가오지 않았다. 수현이 발걸음을 멈추자 사납게 노려보기만 할 뿐. 몬스터 중에서 자기 영역에 들어온 침입자에게 덤벼들지 않는 놈은 드물었다.

'뭐지?'

수현은 호랑이의 몸에 상처가 가득하다는 걸 깨달았다. 긴 털로 가려져 있었지만, 자세히 보자 말라붙은 피가 곳곳에 보였다.

'부상을 입었다고 안 덤벼든다면 몬스터가 아닌데?'

게다가 포슈칸 호랑이 정도면 흉포하기로는 손에 꼽는 몬스터. 저 정도 부상 갖고 몸을 사리지는 않을 것이다. 수현은 이 독지에 적응한 놈의 특성 때문인지 호기심이 들었다.

그러나 그 호기심을 풀기도 전에 수현은 움직여야 했다. 소름 끼치는 비명 소리가 그의 귀를 찢어놓았기 때문이었다.

"크읏!"

염동력으로 막았지만 당황스러운 건 어쩔 수가 없었다. 주변에는 분명 몬스터가 없었는데? 포슈칸 호랑이가 낸 소리가 아니었다.

순간 수현 주변에 그림자가 생겼다. 수현은 이를 악물고 염동력을 위로 쏘아 올렸다. 몬스터가 어디서 나타났는지 깨달은 것이다.

퍽!

거대한 거미가 소름 끼치는 소리를 내며 착지했다. 포슈칸 호랑이가 작아 보일 정도의 덩치에, 착지한 것만으로도 주변 땅이 녹아내리는 독기. 게다가 놈의 얼굴은 사람의 얼굴을 닮아 있었다.

'인면지주라는 게 진짜 있는 거였나……!'

이종족들의 전설에서 본 몬스터는 반쯤은 걸러야 했지만, 남은 절반에는 진실이 담겨 있었다.

사람의 얼굴을 한 거대 거미. 인면지주. 전설은 놈의 독이 세상 모든 것을 중독시킬 수 있을 정도로 지독하다고 말했다. 독을 다루는 이들에게는 솔깃할 수밖에 없는 이야기였다. 수현도 놈에 대해 읽어본 기억이 났다.

수현이 아무리 급하게, 염동력을 면으로 쏘아 보냈다고 하지만 인면지주는 별다른 타격이 없어 보였다. 놈은 오히려 시선을 포슈칸 호랑이에게로 돌렸다.

-크르르릉!

포슈칸 호랑이의 몸에 난 상처를 누가 냈는지 알 수 있었다. 인면지주는 얼굴을 우물거리더니 입에서 푸른색 독을 쏘아 보냈다. 포슈칸 호랑이는 급히 옆으로 뛰어서 공격을 피했다. 스친 털이 녹아내리고 독이 작렬한 바위가 사라져 버렸다.

둘 다 초능력으로 독을 만들어낼 수 있는 몬스터. 누구의 독이 강하느냐가 승패를 좌우했다. 그렇지만 이미 승부는 가려진 것이나 다름없었다.

푹!

포슈칸 호랑이는 달려들어서 발톱을 휘두르려 했다. 놈의 발톱 색이 짙어진 느낌이었다. 포슈칸 호랑이는 직접 다가가서 독을 묻힌 발톱을 찔러 넣어야 했는데 인면지주는 그냥 독을 쏘아낼 수 있었다. 게다가 포슈칸 호랑이는 이미 중상을 입은 상황.

다가가기도 전에 포슈칸 호랑이의 동작이 멈췄다. 인면지주의 또 다른 무기가 나온 것이다. 꽁무니에서 쏘아낸 거미줄은 포슈칸 호랑이의 발을 꿰뚫고 땅에 못 박아버렸다.

–크헝!

인면지주가 다가가자 포슈칸 호랑이는 마지막을 각오했는지 크게 울부짖었다. 인면지주는 굵은 다리로 포슈칸 호랑이를 후려치고 목덜미를 물어뜯었다. 포슈칸 호랑이는 발악하듯이 발톱을 휘둘렀지만 인면지주에게는 상처를 주지 못했다.

쿵!

어느 하나도 다른 곳에 갖다놓는다면 능히 먹이사슬의 꼭대기에 위치할 놈들의 싸움이었지만, 결말은 싱거웠다.

포슈칸 호랑이가 쓰러져서 뒹굴자 인면지주는 고개를 돌렸다. 이제 건방지게 자신을 후려친 조그만 인간 놈을 죽일 시간이었다.

콰지지직!

"윽."

창던지기 선수의 자세를 취한 수현은 결과에 혀를 찼다. 둘이 싸우는 동안 그가 가만히 있던 건 아니었다. 이긴 놈을 쓰러뜨리기 위해 힘을 모으고 있었던 것이다. 끝이 뾰족한 창을 만들어 후려쳤지만 인면지주는 생각보다 튼튼했다.

놈의 방어력을 말하는 게 아니었다. 몸통에 거대한 구멍이 났는데도 움직임에는 거침이 없었고, 눈빛 또한 여전히 사나울 정도로 또렷했다.

'안 아픈 척을 하는 건가, 아니면 몸 구조가 다른 건가?'

여하튼 피해야 했다. 전력을 다해 공격한 덕분에 소모가 생각보다 컸다. 인면지주는 몸통에 거대한 구멍을 달고서도 수현을 곧바로 쫓아왔다.

푸학!

아까 호랑이에게 쏘아 보낸, 푸른색 독이 이번에는 수현을 노렸다. 수현은 이제까지 독을 가진 몬스터들을 상대했던 것처럼 허공에 염동력의 막을 치고 몸을 틀어서 피했다.

그러나 놈의 독은 허공에 쳐진 염동력을 녹이고 들어왔다.

"……!"

초능력 계열의 독이라는 건 알고 있었지만 설마 저 정도일 줄이야. 독이라고 생각해서 최대한 소모를 줄이고 얇게 친 게 실수였다. 수현은 다시 한 번 거리를 벌렸다.

"크윽……."

놈이 사방에 거미줄을 치기 시작했다. 수현은 거미줄에 몸이 닿더라도 뚫고 빠져나가는 걸 선택했다. 여기서 가만히 있다가는 그대로 몸이 묶일 수 있었다. 덕분에 팔에 거미줄이 스쳤다.

수현은 이를 악물고 살점을 뜯어냈다. 치유 능력을 쓰기는 아까웠지만 내버려 뒀다가는 독이 퍼질 것이다. 아까워할 상황이 아니었다.

거리가 멀어지자 인면지주가 멈칫했다. 몸통에 뚫린 구멍은 별다른 타격이 없어 보였지만, 그래도 그런 일격을 당했는데 아예 멀쩡할 수는 없었다. 놈은 수현을 쫓는 걸 관두고 포슈간 호랑이에게 시선을 돌렸다. 놈을 먹으려는 속셈이었다.

'그렇게는 안 되지!'

도망치는 줄 알았던 수현이 허공에서 염동력으로 박차고 다시 돌아왔다. 인면지주는 짜증 섞인 포효와 함께 독을 쏘아 보냈다. 그러나 공격을 포기하고 회피에만 전념하는 수현을 맞출 수는 없었다.

—쉬이익!

치고 빠지고, 치고 빠지고, 신경을 계속해서 거스르자 인면지주는 마침내 수현을 반드시 죽이기로 마음을 먹은 모양이었다. 거리를 벌려도 쫓아오기 시작했다.

'그러면 나는…….'

거리가 좁혀지자 수현은 번개같이 놈을 앞질러 들어갔다. 노리는 것은 포슈칸 호랑이의 시체. 아까 본 게 맞다면, 놈의 시체에는 분명…….

쪼그만 인간에게 몇 번을 농락당했다는 사실 때문에 인면지주의 분노는 극에 당한 상황이었다.

다리만 뻗으면 죽일 수 있는 놈에게 이게 무슨 꼴이란 말인가. 수현을 쫓아 돌아오자, 아까 그가 포슈칸 호랑이와 싸우기 위해 거미줄을 쳤던 곳에 수현이 있는 게 보였다.

"퉷."

수현은 도망치지 않고 서 있었다. 그가 뱉은 침에서 고약한 연기가 피어올랐다.

"사람 얼굴 하고서 그런 표정까지 지으니 정말 섬뜩하군."

인면지주는 드디어 잡았다는 듯이 득의양양한 표정을 짓

고 있었다. 수현은 쓰게 웃으며 놈을 노려보았다. 사방에서 거미줄이 움직이더니 수현을 노리고 찔러 들어왔다.

"저놈 발톱에서 나온 독, 네 아가리에서 나온 독. 그리고 이 거미줄에서 나오는 마비독까지."

거미줄에 맞았을 때 놈의 거미줄 독은 초능력 계열의 독이 아니라는 걸 깨달았다.

"드디어 다 모았다. 정말……. 오래 걸렸어."

거미줄이 튕겨 나가자 인면지주는 독을 쏘아냈다. 수현은 팔을 들었다. 독공을 깨닫자 주변에 만개한 독의 흐름이 느껴졌다.

푸른색 독이 허공에서 회전하더니 수현의 손안으로 빨려 들어갔다.

—……!!

"좋은 독이다. 돌려주마."

수현은 구슬 형태로 독을 만들어낸 후 염동력으로 강하게 튕겨 보냈다. 초능력 계열의 독은 내성이란 게 존재하지 않았다.

퍼석!

독구슬이 닿은 인면지주의 다리가 녹아내렸다.

생전 처음 겪는 일에 인면지주의 얼굴이 당혹으로 가득 찼다. 놈은 다시 한 번 필사적으로 독을 뿌려댔다. 아까와는 범위 자체가 다른 어마어마한 양이었다.

그러나 수현 앞에서는 무덤을 파는 짓이나 다름없었다.

'독공은 말 그대로 독을 다루는 능력.'

독을 깨닫고 독에 스스로의 의지를 담아서 부리는 능력. 독과 관련된 어떤 능력보다도 위에 있는 능력이었다. 수현은 한쪽 눈을 감았다. 이미 인면지주는 수현의 위협이 되지 못했다. 실험해 보고 싶은 것이 있었다.

인면지주 뒤의 나무가 녹아내렸다.

"아. 젠장."

인면지주 옆의 바위가 사라졌다.

두 번이나 빗나가자 수현은 혀를 찼다. 염동력처럼 시야에 들어오는 상대를 중독시키려 했는데, 아직까지 그런 식의 컨트롤은 되지 않았다. 잘못 사용했다가는 사고 치기 딱 좋은 능력이었다.

'뭐, 상관없지.'

수현의 손에 검은색 소용돌이가 일렁였다. 이제까지 마신 독을 재조합해서 독을 만들어내는 것은 물론이고, 포슈칸 호랑이나 인면지주처럼 초능력 계열의 가상의 독을 만들어내는 것도 가능했다.

그리고 수현은 염동력 능력자. 만들어낸 독을 다루는 데에는 인면지주보다 한 수 위였다.

전 방향에서 쏘아진 독탄이 인면지주의 몸을 꿰뚫었다. 뒤의 부분에는 놈의 장기가 별로 없다는 걸 깨달은 수현은 앞쪽에 화력을 집중시켰다.

놈은 말 그대로 녹아내렸다. 놈의 시체도 남지 않을 정도로 독탄을 날려댄 수현은 그가 너무 과하게 했다는 것을 깨달았다.

'아차. 너무 심했나.'

툭-

놈이 있던 자리에 마름모꼴의 돌멩이가 남았다. 인면지주의 미간에 박혀 있던 물건이었다.

"이게 뭔……?"

-크르릉.

"……?"

드디어 독공을 완성했다는 성취감을 느끼기도 전에, 인면지주의 미간에서 나온 물건이 무엇인지 고민하기도 전에, 뒤에서 들리는 약한 울음소리가 수현의 주의를 끌었다.

수현은 고개를 돌렸다. 분명 포슈칸 호랑이는 죽었는데?

시체에서 난 소리는 아니었다. 더 멀리서 난 소리였다. 수현은 소리의 진원지를 찾아 걸어갔다.

"아아……."

수현은 포슈칸 호랑이가 이상하게 행동한 이유를 알 수 있었다. 놈은 인면지주를 상대하면서 도망치지도 않고 영역에 들어온 수현을 먼저 공격하지도 않았다.

놈의 새끼가 여기 있었던 것이다.

굴 안에서 낮게 으르렁거리며 그를 노려보는 폼이 과연 호랑이 새끼다웠다. 태어난 지 얼마 되지 않아서 강아지 정도 크기밖에 되지 않았지만 눈빛만은 맹수였다.

수현은 독공으로 놈의 몸을 파악해 보았다. 독기가 느껴지지 않았다. 이런 상태라면 여기서 몇 개월도 버티지 못하고 죽을 것이다.

"좋아. 네 어미에게는 신세를 지기도 했으니까."

수현은 말과 함께 놈의 뒷덜미를 잡아 들어 올렸다. 어린 호랑이는 으르렁대며 수현을 할퀴려 들었다.

"……먼저 교육부터 시켜야겠군."

반쯤은 흥미로 결정한 일이었다.

몬스터를 잡아서 훈련시키는 건 꽤나 예전부터 있었던 일이었고 성공 사례도 몇 개 있었다. 그러나 대부분은 실패했다. 몬스터의 새끼를 구하는 일이 그렇게 쉬운 일도 아니었으니, 수현은 일단 데려가서 상태를 볼 생각이었다.

27장

귀환(1)

아직 어려도 몬스터는 몬스터였는지 힘이 예사롭지 않았다. 그러나 성질을 부리는 것으로 따진다면 수현 앞에서는 아직 피도 마르지 않은 애송이였을 뿐이었다. 어린 호랑이는 몇 번 얻어맞고 나자 상황을 파악한 것 같았다.

"옳지. 옳지."

"……그건 뭡니까?"

이도전은 오랜만에 나타난 수현이 들고 있는 것을 보고 기겁했다. 저건 아무리 봐도 포슈칸 호랑이의 새끼였다.

"오다 주웠어. 그보다 일은 잘돼 가고 있나?"

"저희 일이 뭐 다를 게 있겠습니까. 그냥 하루하루 버티는 거죠."

"조금만 더 기다려봐. 좋은 소식 들고 와줄 테니까. 다른 인간들은?"

"연락 수단만 남겨놓고 다시 흩어졌습니다."

그들과 수현의 만남이 생각났는지 이도전은 피식 웃었다.

수현과의 만남 이후, 이도전은 돌아다니면서 흩어진 탈주 용병들을 불러 모았다. 컨택트, 대성, 삼두룡. 대형 회사는 아니었지만 다 합치니 그 숫자가 꽤 됐다.

그들은 처음에 황당해했지만 결국에는 이도전의 제안에 설득되었다. 그의 말대로, 그들에게는 더 이상 나빠질 상황이 없었던 것이다.

그들은 일단 수현의 얼굴부터 보려고 했다. 대체 어떤 놈이길래 그런 담대한 제안을 하는 것인지.

"뭐야……. 저놈이야?"

컨택트의 팀장, 양준영은 산전수전을 다 겪은 베테랑 용병이었다. 초능력자가 아님에도 불구하고 그 많은 경험을 하고 살아남았다는 게 그의 판단력을 증명했다.

그런 그에게 있어서 수현은 애송이로밖에 보이지 않았다.

"너무 어리지 않아? 혹시 부하인가?"

"본인입니다."

"뭐? 정말로?"

큰 목소리는 아니었지만, 수현은 양준영의 입가가 움직이는 것을 보고 그가 무슨 소리를 하는지 알아챘다.

"예의가 없군."

"억!"

"팀장님!"

"너희들의 누명을 풀어줄 사람한테 말버릇이 형편없어."

기습적으로 한 대 얻어맞은 양준영은 얼굴을 일그러뜨리며 대원들에게 손을 뻗었다. 끼어들지 말라는 뜻이었다. 그가 말실수를 한 건 사실이었다. 대원들이 끼어들어서 난리를 치면 일이 이상해졌다.

그러나 그렇다고 해서 이렇게 얻어맞은 걸 넘어간다면 그가 아니었다.

"지금 이러는 건……. 한번 해보자는 뜻인가?"

"그, 그만두시죠. 저 사람은……."

"할 수 있으면 해봐."

"오냐!"

수현이 손가락 하나 튕기는 걸로 양준영의 사지를 찢어버릴 수 있다는 걸 알고 있었기에 이도전은 말리려고 했지만 수현은 오히려 부추겼다. 양준영은 늙은 사자처럼 울부짖으며 수현에게 달려들었다.

"헉, 헉!"

모두의 눈이 커졌다. 특히 이도전은 더욱 놀랐다. 수현은 분명 초능력을 사용하고 있지 않았다. 그런데도 한 대도 맞지 않고 양준영의 공격을 모두 피하고 있는 것이다.

"탈주 용병이면 체력 훈련도 안 하나? 벌써 지치다니."

"너, 너……."

퍽!

발차기 한 번에 양준영은 한 바퀴 돌아서 넘어졌다. 망신 중의 개망신이었다.

"내가 전력으로 필요한 놈들을 데리고 오라고 했지, 도망치다가 퇴물 된 놈들 데리고 오라고 했나?"

"아니, 그게……."

이도전은 황당하다는 듯이 말했다. 저들은 절대로 퇴물이 아니었다. 예전에 컨택트라고 하면 모두가 알아주는 용병 회사였던 것이다.

"너 이 새끼. 이리 와! 감히 대장님을!"

팀장이 망신당하자 팀원이 나섰다. 양준영이 당한 것이 그를 분노케 했는지 그는 소매를 걷으며 수현을 노려보았다.

"도망치는 재주가 있나 본……. 컥!"

그는 그대로 뒤로 튕겨 날아갔다.

"팀장도 아닌 놈이 어디서 건방지게 입을 놀리나. 내가 너 같은 놈이 놀아달라고 하면 놀아줄 군번으로 보여?"

그제야 그들은 수현이 염동력 능력자라는 걸 깨달았다. 그것도 특급.

"방금도 초능력을 쓴 거 아냐?!"

"그, 그만둬라."

그들을 말린 건 양준영이었다. 자리에서 일어난 양준영은 주름진 얼굴에 부끄럽다는 기색을 가득 띄우며 말했다.

"염동력을 쓴 건 아니니까. 내가 너무 만만히 봤군."

"그쪽은 실제로 만만하고."

"……내가 말실수를 한 건 인정하네. 사과하지."

"좋아. 그러면 이야기를 해볼까."

결국 이야기는 길어졌지만 모두가 만족스러운 결과에 도착했다. 대화 과정에서 다른 용병 회사들을 적극적으로 설득한 건 오히려 양준영이었다.

모두가 지금 이 상황에는 희망이 없다는 것에 동의했고, 수현이 그들의 누명을 풀어줄 희박한 가능성에 걸기로 결정했다.

물론 거기에는 수현이 지속적으로 물자를 지급해 준다는 현실적인 이유도 있었다.

아무런 보급 없이 여기서 계속 버틴다는 건 보통 고된 일이 아니었던 것이다.

"부를까요?"

"아니, 어차피 얼굴 봐봤자 할 이야기도 없는데. 말만 전해주면 돼. 난 이제 슬슬 돌아갈 생각이다. 지금쯤 도시에는 난리가 났겠군."

"……?"

이도전이야 지금 드래곤 슬레이어 프로젝트가 실패한 것으로 인해 난리가 났다고는 상상치도 못할 것이다.

"물자는 저번에 말한 통로로 넣어주지. 최대한 전력을 보존시켜 둬. 휘두르기도 전에 녹슬어버리는 칼은 필요 없으니까."

"명심하겠습니다."

"좋아. 그러면."

말을 하면서도 이도전의 눈빛이 바쁘게 돌아갔다. 수현이 들고 있는 호랑이가 움직일 때마다 움찔거리는 것이다.

"왜 자꾸 그러나? 산만하게."

"그, 그게 좀 신경이 쓰여서……."

"우연히 새끼를 주워서 한번 데리고 가보려고. 키울 수 있을까?"

"글쎄요……?"

"뭐, 훈련 안 되고 공격할 거 같으면 죽이면 되지."

-크릉?

어린 호랑이가 고개를 갸웃거렸다. 저놈이 크면 얼마나 괴물이 되는지 알고 있는 이도전으로서도 두근거릴 정도로 귀여운 모습이었다.

엘프들의 마을은 도시에 비하면 많이 부족한 감이 있었지만, 포슈칸에 비한다면 충분히 문명이었다. 문명으로 돌아온 수현이 가장 먼저 한 것은 목욕이었다.

"으. 죽겠군."

"저건 대체 뭐야?!"

씻고 나온 수현에게 가장 먼저 달려온 건 샤이나였다. 돌아왔다는 소식을 듣고 달려왔는데 수현은 자리에 없고 있는 건 호랑이 새끼뿐.

"어쩌다 보니 데리고 오게 됐는데……. 루이릴, 손 치워라."

"내가 만진다고 문제 생기는 건 아니잖아?"

"응. 문제없지. 그래도 손 치워."

몬스터의 새끼는 엘프들도 보기 힘들었다. 어린 호랑이를 쓰다듬으려다가 수현의 말을 들은 루이릴이 입을 삐죽거렸다.

"그래서 드래곤 슬레이어 프로젝트는? 끝났나?"

샤이나는 대답 대신 고개를 끄덕였다.

"자세한 건 직접 보는 게 좋을 것 같아."

"그렇긴 하지. 간단히 감사 인사만 하고 돌아가자고."

수현은 옷을 갈아입고서 꽤나 오랫동안 신세를 진 에단과 에이다에게 감사 인사를 했다. 이들과는 앞으로도 친밀한 관계를 유지해야 했다. 포슈칸 쪽에 있는 탈주 용병들에게도 물자를 공급해야 하니……. 수현은 에단과 의미심장한 시선을 교환하며 악수를 했다.

돌아가는 차 안에서, 샤이나는 새끼 호랑이를 쓰다듬으며 말했다.

"이제 돌아가면 어떻게 되는 거지?"

"일단 복잡한 귀환 절차를 한 번 밟고……."

실종되었다가 돌아온 이상 그냥 넘어갈 수는 없었다. 정부 측에서는 그동안 무슨 일이 있었는지 설명을 들음과 동시에 수현의 몸에 문제가 없는지 검사를 하려고 할 것이다. 더욱이 팀 대부분이 날아간 지금 상황에서는 더더욱.

"과하게 친절하게 나올지도 모르겠군."

"……?"

샤이나는 수현의 말뜻을 이해하지 못하고 고개를 갸웃거렸다. 수현은 눈을 감고 오랜만의 휴식에 잠겼다. 어차피 도착하게 되면 그녀도 이해할 것이다.

"……."

한동안 실종되었던 엉클 조 컴퍼니의 팀장이 돌아왔다는 소식이 들리자마자 개발계획국은 바로 나서서 수현을 데리고 오려고 했다. 체면 따위는 신경 쓰지 않는 재빠른 움직임이었다.

"피곤이 쌓여서 조금 쉬려고 했는데 말이죠."

"그랬습니까? 아. 이거……. 그렇다면 지금은 쉬시고 다시 시간을 잡죠!"

"됐습니다. 이렇게 왔는데. 부르신 이유가 뭡니까?"

"김수현 팀장님. 저희 6번째 직속 팀의 팀장이신데 실종 후 복귀에 저희가 어떻게 관심을 안 가질 수 있겠습니까?"

이원재의 목소리에는 진심이 담겨 있었다. 그러나 수현은 냉정했다. 아니, 냉정한 태도를 연기했다. 정말로 서운하고 쌓인 게 많은 것처럼.

"그래요? 제가 실종되었을 때 관심을 가져주셨으면 좋았을 텐데요."

"……!"

"그랬다면 제가 그 오지에서 그렇게 시간을 소비하지는 않았겠죠."

이원재는 등에 진땀이 흐르는 걸 느꼈다. 드래곤 슬레이어 프로젝트를 계획할 때만 해도 일이 이렇게 흘러가리라고는 상상도 하지 못했다.

엉클 조 컴퍼니 팀장, 김수현이 실종되었다는 소식을 들은 건 한참 계획을 준비 중일 때였다. 그는 김수현의 능력을 알고 있었고, 그런 사람이 실종될 정도의 일에 투자하기에 지금은 상황이 좋지 않다고 생각했다.

게다가 엉클 조 컴퍼니는 사실상 김수현의 원맨팀. 다른 초능력자들이 속속 참여하고 있었지만 그가 생각하기에 김수현이 없다면 곧 와해 될 팀이었다. 그런 곳에 전력을 낭비하는 건 계산이 맞지 않았다.

"그, 그것이……. 죄송합니다. 정말로 상황이 여의치 않았습니다."

괜한 변명이 통할 상대가 아니었다. 여기서는 직구로 가야 했다. 이원재는 눈을 질끈 감고 고개를 숙였다.

"그랬습니까? 구조대 하나도 못 보낼 정도로?"

'네가 실종될 정도의 곳에 어지간한 구조대는 보내 봤자 쓸모도 없잖아!'

이원재는 속으로 외쳤다. 그러나 이런 상황에서 저렇게 말을 해봤자 불에 기름을 끼얹는 것밖에 되지 않았다. 지금은 어떻게든 수현의 마음을 달래야 했다.

"워낙 팀장님께서 능력이 대단하신지라……. 저희도 함부로 구조대를 보낼 수가 없었습니다."

"칭찬은 칭찬인데, 상황이 상황이다 보니 별로 달갑게 들리지는 않는군요. 제 팀이야 제가 실종되더라도 먼저 찾지 말라는 명령을 했습니다만, 정부 측에서도 그런 논리로 안 찾을 줄은 몰랐습니다. 직속이라는 것에 조금 회의감이 드는군요."

"……!"

등골이 서늘해졌다. 지금 수현은 간접적으로 결별의 의사를 표시하고 있는 것이다.

"그래서 드래곤 슬레이어 프로젝트는 잘 풀렸습니까?"

뻔히 답을 알면서 하는 질문. 그런 걸 눈치채지 못할 정도로 이원재는 몰린 상태였다. 그는 침통한 얼굴로 고개를 저었다.

"실패했나 보군요."

"'실패'라고 한다면 오히려 축소된 느낌이 있을 정도입니다."

"이거, 정부 측에서 안 찾아줘서 감사를 해야 할지……."

수현은 고개를 절레절레 흔들었다. 이제 이 정도면 정부의 배신으로 인한 서운한 피해자 연기는 다 한 셈이었다. 본론으로 들어가야 했다.

"국장님, 솔직하게 물어보겠습니다. 피해가 어느 정도입니까?"

"어떤 피해가 궁금하십니까?"

피해를 물었는데 구체적인 분야로 되묻다니. 수현은 속으로 헛웃음을 터뜨렸다. 정말 어마어마하게 피해가 난 것이 분명했다.

"글쎄요……. 인명이나 장비는 제가 알아봤자 쓸모도 없고. 아무래도 그때 자리에 참석했던 직속 팀들의 상황이 궁금합니다. 다들 대단하신 분들이니 프로젝트가 실패했더라도 피해가 그렇게 크지는 않을 것 같은데요."

이원재는 손가락 하나를 들었다.

"팀 하나가 날아갔습니까?"

"……팀 하나 빼고 전멸했습니다. 남은 한 팀도 솔직히 앞으로 팀의 기능을 기대하기는 힘들고요."

"……."

수현은 충격을 받은 표정을 지었다.

"자료를 보고 싶군요."

예전부터 몇 번이나 본 자료였지만, 될 수 있으면 확인해 두는 게 좋았다. 과거와 어떻게 달라졌을지 모르는 법이니까.

카메론 개척 초창기에 유행하던 말이 있었다. 인류는 넘어지더라도 무언가를 움켜쥐고 일어선다고. 탐험대가 큰 피해를 입더라도 그에 관한 자료를 갖고 온다면 언젠가는 돌파되기 마련이었다.

드래곤 슬레이어 프로젝트도 마찬가지였다. 참가자들이 괴멸하는 참사로 끝났지만 그래도 남은 건 있었다.

드래곤의 강력함에 대한 자료였다.

이원재가 침을 꿀꺽 삼키는 소리가 들렸다. 영상에서 나오는 드래곤을 보고 반응한 것이었다. 그에게 있어서 저 드래곤은 그가 쌓아 올린 것들을 부숴버린 악마로 보일 것이다.

수현은 턱을 괴고 무표정하게 영상을 쳐다보았다. 드래곤의 강력함은 이미 알고 있었다.

'전투기라. 여기까지는 똑같군.'

카메론에는 날아다니는 몬스터들도 있었다. 빠르게 움직이는 공중은 초능력자들이 싸우기 좋은 장소가 아니었고, 그래서 어지간해서는 공중은 들어가지 않았다.

그러나 프로젝트가 프로젝트이다 보니 손실을 각오하고

전투기 편대가 동원되었다. 하늘을 수놓는 강철의 날개는 장관이었다.

동시에 일제히 땅으로 추락하기 전까지는.

'염동력……. 중력 계열.'

수현처럼 쓰는 염동력이 아닌, 위에서 아래로 내리누르는 중력 계열 염동력이었다. 그러나 그 범위가 상상을 초월했다. 드래곤이 한 번 날갯짓하자 전투기들은 일제히 추락하기 시작했다.

위에서 견제하는 것들을 쓸어버리고, 드래곤은 하늘로 날아올랐다. 무수히 모인 인간들의 무리.

그러나 드래곤의 눈빛은 마치 길가에 굴러다니는 돌멩이를 보는 것 같았다. 그 모습에는 조금의 위기감도 없었다.

그에 발끈하듯이 인류도 공격을 개시했다. 초능력자들만 모인 건 아니었다. 이 주변 일대를 갈아엎을 수 있는 화력이 현장에 모여 있었다. 초능력자들의 공세로 드래곤의 고도를 낮추자, 화력 투사가 시작되었다.

현대 병기였지만 평범하지는 않았다. 초능력자 중에는 강화 능력자들도 많았던 것이다. 초능력으로 코팅된 화력이었다.

"……!"

그러나 드래곤은 모두 막아냈다. 놈의 주변에 투명한 구

(球)가 있는 것 같았다. 모든 폭발과 화염, 초능력이 그 주변에서 무산되었다.

드래곤의 시선이 어느 한 곳으로 돌려졌다.

'중국 쪽도 투자를 하긴 했군.'

이원재는 알아차리지 못한 것 같았지만, 수현은 중국 쪽 병력이 뭘 가지고 온 건지 바로 알아차릴 수 있었다. 드래곤이 저렇게 예민하게 반응할 정도라면 하나뿐이었다.

초능력 상쇄장치. 그들도 드래곤의 초능력을 상쇄하기 위해서라면 어마어마한 용량이 필요하다고 생각했는지, 아예 전담하는 부대 하나를 독립적으로 운용시키고 있었다.

–!!!!!!!!!!

드래곤이 울부짖었다. 단순한 위협뿐인 포효가 아니었다. 가까이 있던 인간들은 귀와 코에서 피를 흩뿌리며 쓰러졌다.

포효 한 번으로 주변 인간들을 쓰러뜨리고 날갯짓 한 번으로 고도를 높인 드래곤은 허공에 화염의 비를 만들기 시작했다.

그리고 가장 먼저 중국 쪽 초능력 봉쇄부대를 공격했다.

–막아!!

중국 쪽 초능력자들이 우르르 움직이며 방어를 시도했다. 모인 숫자가 숫자다 보니 온갖 종류의 방어 초능력을 볼 수 있었다. 염동력 계열부터 시작해서 암석, 얼음…….

그러나 화염의 비는 멈추지 않았다. 화염구가 멈출 기세 없이 계속 생겨나며 두들기자 방어가 천천히 벗겨지기 시작했다. 다른 부대들이 도와주기 위해 움직이려 했지만 그것도 쉽지 않았다.

드래곤은 한쪽을 집중 공격하면서 다른 곳도 같이 공격할 힘이 있었다.

방어가 깨지자, 드래곤은 고개를 뒤로 젖혔다. 수현은 그 다음에 뭐가 나올지 알았다.

'드래곤 브레스!'

드래곤이 가진 최강의 창.

작열하는 백색의 화염이 닿는 순간 모든 것을 녹여 버렸다. 공격을 받은 사람들은 고통도 느끼지 못하고 즉사했을 것이 분명했다.

단순히 봉쇄부대를 쓰러뜨린 것만으로는 모자랐는지 드래곤은 브레스를 유지하며 고개를 흔들었다. 브레스가 닿는 순간 초능력자들의 방어는 아무런 의미가 없어졌다. 그들은 방어가 없었던 것처럼 녹아내렸다.

허공에서 날갯짓을 한 번 하더니, 드래곤은 맹렬한 기세로 땅에 충돌했다. 밑에 있던 자들은 그대로 으깨져 나갔다. 그 중심으로 땅에서 삐죽삐죽한 암석 가시들이 솟구쳤다.

'끝났군.'

이 상황에서도 깨닫지 못한다면 살아 있을 자격이 없었다. 인류가 준비한 공격 수단은 드래곤에게 데미지도 입히지 못하고, 드래곤이 갖고 있는 공격 수단은 인류가 방어할 방법이 없었다.

도주가 시작되었다. 혼란스러운 비명과 살아남기 위한 발악. 드래곤은 그 특유의 오만한 눈길로 도망치는 인간들을 바라보며 사냥을 시작했다.

"생각보다 심각했군요."

이원재는 대답 없이 고개를 끄덕였다. 그의 얼굴은 약간 창백해진 느낌이었다. 다시 본 영상이 기억을 되살린 것이다.

"실패도 실패지만, 여기 참여한 걸 보면 민간 용병 회사들도 꽤나 많이 참여한 것 같은데……."

군부대는 여론도 여론이었지만 초능력자 비율 때문에 대량으로 참가해 봤자 의미가 없었다. 그 대신 이후 새로 생길 신도시의 이권을 걸고 용병 회사를 포섭해서 넣은 것이다.

"이후 관리는 괜찮겠습니까?"

바다로 막힌 서쪽을 제외하고, 게이트의 북쪽과 동쪽은 중국과 러시아가. 남쪽과 동쪽은 미국과 한국이 세력을 펼치고 있었다. 국가 주도형으로 시스템을 굴리고 있는 중국과 러시아와 달리, 한국의 영역을 관리하고 있는 건 대부분이 민간 회사였다.

그런 회사들은 당연히 이 대형 프로젝트에 군침을 흘렸을 것이고, 꽤나 의욕적으로 참가했을 게 분명했다. 그런 팀들이 모조리 날아가 버렸으니…….

"밖에는 이야기하지 말아주십시오."

"물론이죠. 당연한 이야기를."

"솔직히 힘든 상황입니다. 각 회사에 공문을 돌려서 협조를 요청하고 있는데, 어쩌면 몇몇 구역에서는 물러나야 할지도 모르겠군요."

"기업 측에서도 당황스럽기는 하겠군요."

비싼 돈 주고 안전을 위해 고용했더니 갑자기 공중분해가 되어버리면 그만큼 황당한 일도 없을 것이다. 죽을 것 같은 표정을 짓고 있는 이원재였지만, 수현은 그 뒤의 일이 어떻게 돌아갈지 잘 알고 있었다.

'정부는 군 특수부대를 육성하고, 협력 가능한 외부 팀을 다시 찾는다. 그리고 용병 회사들의 공백은 외주로 때우겠지.'

지구에는 카메론으로 가서 일확천금을 얻고 싶어 하는 용병들이 넘쳐났다. 이미 경쟁자들로 치열해 새로 빨대를 꽂기

어려워서 그랬지, 궤도에만 오르면 돈이 알아서 들어오는 것이 이쪽이었다.

그런 상황에서 공백이 생겨났으니 한국 정부에 어떻게든 로비를 해서 들어오려는 이들이 수두룩할 것이다.

"타 국가 쪽에서 들어오려는 사람이 많겠군요."

"……!"

이원재는 고개를 들어 수현을 쳐다보았다. 내부에서 비밀리에 오간 이야기를 수현이 짐작했다는 게 놀라웠던 것이다.

"그렇게 놀랄 이야기였습니까?"

"아, 아닙니다."

"이가 없으면 잇몸으로 때워야 하긴 하지만, 그래도 신분조사는 철저하게 하시는 게 좋을 겁니다."

"물론입니다."

'안 하겠군.'

이원재는 수현의 말을 그냥 의례적인 걱정으로 들은 것 같았다. 상관없었다. 나중에 피를 보는 건 수현이 아니었으니까.

"어쨌든 상황은 잘 알았습니다. 고생이 많으셨겠습니다, 국장님. 상황이 이렇다고 하시니 화내기도 뭐하군요."

"김수현 팀장님……!"

"유일하게 남은 팀으로 어깨가 좀 무거워지긴 하는데, 최선을 다해보겠습니다. 앞으로 같이 잘 해보죠."

"앞으로는 실망시키는 일 없을 겁니다!"

"당연히 그래야죠."

뼈가 있는 말이었다. 수현이 뒤에서 무슨 수작을 꾸몄는지도 상상하지 못한 채, 이원재는 수현이 내민 손을 잡고 안도의 한숨을 내쉬었다.

최악 중의 최악은 면한 셈이었다. 엉클 조 컴퍼니의 팀장이 돌아왔고 그들의 전력은 그대로니 일단 긴급한 일이 있을 때 믿을 구석은 남아 있는 것이다.

'게다가 용병 회사들은 이제 우리 말을 들어주지도 않을 테니…….'

정부가 주도해서 모은 일에서 그렇게 삽질을 해댔으니 용병 회사들은 정부가 부탁하는 일에 매우 회의적으로 나올 것이 분명했다.

어깨에서 뚜둑 거리는 소리를 내며 수현은 건물 밖으로 걸어 나왔다.

'대충 끝냈나.'

사지로 걸어 들어가는 걸 교묘하게 피하고 그에 따른 책망도 피했다. 수현에게 고마워하면 고마워했지 그를 비판하는 이는 나오지 않을 것이다.

“다들 잘 지냈나?”

“팀장님……!”

수현이 돌아왔다는 소식을 듣자마자 대원들은 누가 먼저라고 할 것도 없이 튀어나왔다. 그를 껴안으려고 하는 김창식을 밀어내며, 수현은 물었다.

“그보다 강인규가 없는데? 얘 어디 갔어?”

“아, 걔…….”

대원들은 서로의 얼굴만을 쳐다보았다. 수현은 그 태도에 살짝 불안해졌다. 강인규는 강력한 초능력자지만 그 심지가 약했다. 사기당하기 아주 좋은 타입이었던 것이다.

“걔 지금 훈련 센터에 가 있을 겁니다.”

“뭐?”

“초능력자 훈련 센터요. 모르십니까?”

“그걸 걔가 왜 가?”

초능력자 훈련 센터. 수현이 거기를 모를 리 없었다.

흔히들 초능력자로 각성하면 인생이 필 거라고 생각하는 사람들이 많았지만, 그건 편견에 가까웠다. 치유 능력 같은 바로 돈이 되는 능력이 아니고서야 그러기는 쉽지 않았다.

어떤 초능력을 가졌는지도 중요했고, 그 초능력을 돈을 벌

수 있는 수단으로 바꾸는 것도 필요했다. 카메론은 만만한 곳이 아니었다. 얄팍한 초능력은 오히려 첨단무기보다 약할 수 있었다.

그런 이들을 상대로 훈련과 컨설팅을 하고 돈을 받는 이들이 있었다. 사기는 아니었다. 나름 체계적인 커리큘럼을 갖고 초능력자를 훈련시킨 다음 용병 회사에 팔아먹었지만, 수현은 매우 회의적이었다.

먼저 초능력이라는 게 개인별로 차이가 너무 커서 커리큘럼이 의미가 있나 싶은 것도 있었다. 게다가 강인규는 초능력 중에서도 독특한 편에 속하는 저주를 갖고 있었다. 저걸 가르칠 놈이 있는지 의문이었다.

거기에 강인규는 이미 엉클 조 컴퍼니에서 일하고 있지 않은가. 거기는 소개를 받고 싶어 하는 놈이나 가는 곳이었다.

"아무도 말린 놈이 없어?"

수현의 목소리가 험악해지자 김동욱이 급히 나섰다.

"아, 아닙니다. 수용 선배가 말리긴 했는데, 걔가 강해지고 싶다면서 자기 돈 써서 등록하더라고요. 어차피 팀장님 돌아오시기까지는 할 일도 없으니까……."

"돈을 그렇게 쓰라고 준 게 아닌데."

수현은 골치가 아파오는 것을 느끼며 고개를 저었다. 강인규가 도움이 되고 싶어하는 건 알고 있었지만…….

'그렇다고 저런 곳을 가나?'

자기 돈을 날린 것이니 뭐라고 하기도 애매했다.

"됐어. 당장 오라고 해. 다른 일은 없었나?"

손을 든 건 고르간이었다.

"뭐지, 고르간?"

"모고크한테서 세 달 전에 연락이 왔었습니다. 팀장님께서 자리에 계시지 않아 넘겼지만, 부족의 전사들과 함께 용병으로 일하고 싶다고 했습니다."

"그거 아주 좋군."

돌아오자마자 기분 좋은 소식을 들었다. 수현은 가볍게 박수를 치며 지시했다.

"내가 돌아왔으니 다시 연락하도록. 와서 테스트받으라고 해. 그놈들 정도면 가볍게 통과하겠지."

"괜찮겠습니까?"

"뭐가? 너 지금 오크라고 못 믿겠다는 거냐? 이거 완전 차별주의자네?"

수현의 질문에 김창식은 화들짝 놀랐다. 그는 무의식적으로 고르간을 쳐다보았다.

"그, 그게 아니라요! 걔네들 중에서는 초능력자가 없지 않습니까!"

"아. 그 소리였나. 걱정 마라. 초능력이 없어도 할 수 있는 일을 시킬 생각이거든."

수현은 에우터프 지역을 생각하고 있었다. 용병 회사들의 자멸로 공백이 생긴 상황. 개발계획국과 친밀한 엉클 조 컴퍼니는 요청 하나로 남은 자리에 들어가는 게 가능했다.

'중국 팀 들어오기 전에 준비 끝내놓자.'

대원들에게 간단하게 지시를 내린 후, 수현은 이소희에게 작은 목소리로 물었다.

"진돗개는 괜찮답니까?"

"아. 걱정해 주셔서 감사합니다. 진돗개는 참가하지 않았습니다."

"아예 참가를 안 했다고요?"

"네."

조금 의외였다. 하위 팀이라도 보낼 줄 알았는데. 이소희의 말을 그렇게 신뢰했단 말인가? 그러는 동안 강인규가 돌아왔다.

"팀, 팀장님. 헉, 헉헉……. 돌아오신 걸 축하드립니다!"

"그래. 센터에서는 많이 배웠냐?"

수현은 어이가 없다는 눈빛으로 강인규를 쳐다보았다.

'그래도 잘해 보겠다고 한 짓이니까…….'

다그쳐서 키워야 할 부하가 있고 잘 얼러서 키워야 할 부하가 있었다. 강인규는 후자였다. 소심한 놈이라 질책 한 번

했다가는 한없이 땅을 파고 들어갈 것이다.

"별로 늘지는 않았어요."

"그러겠지. 네 초능력은 희귀한 초능력이라 배워서 될 게 아니야. 정 연습하고 싶으면 차라리 뒷골목으로 가서 사람한테 직접 걸어봐."

"그, 그건 좀……."

"좋은 경험 했다고 생각하고 그만 나와. 남은 돈은 떡 사 먹었다고 치고."

강인규는 대답을 못 하고 망설였다. 수현이 시키면 바로 하라는 대로 하는 그로서는 이례적인 일이었다.

"뭐야? 아직도 볼 일이 남았나?"

"거기서……. 초능력 강화제를 들여온다고 했거든요. 저한테만 싸게 팔아준다고……."

수현의 이마에 혈관이 돋았다. 이제 저건 훈련의 영역에서 사기의 영역으로 넘어간 것이나 다름없었다.

"너 속은 거야, 이 멍청한 새끼야!"

"예?!"

"초능력 강화제가 있으면 그 새끼가 거기서 왜 그러고 있겠어! 정부 밑으로 가서 돈 받고 일하지!"

수현은 강인규의 뒤통수를 후려쳤다. 할 일이 많아서 그냥 넘어가려고 했었는데, 이렇게 노골적으로 나와 주니 괘씸해서 그냥 넘어갈 수가 없었다. 같잖은 훈련으로 돈 받은 것도 모자라서 호구 같으니 더 뜯어내겠다는 발상 아닌가.

"가자. 사장 놈 얼굴 좀 보게."

수현은 가려다 멈칫했다. 수상쩍은 트레이닝 센터. 초능력 강화제가 정확히 뭔지는 모르겠지만 이런 걸 확인하기 위해서는…….

"너도 따라와."

"어째서?!"

오랜만에 도시로 돌아왔다는 즐거움을 만끽하고 있던 루이릴이었지만 수현은 그녀의 뒷덜미를 붙잡았다.

"네 전공이 필요할지도 몰라서."

"루이릴 씨 전공이 뭔데요?"

"알 거 없어. 가자."

수현은 혀를 차며 발걸음을 옮겼다. 중국 측 동향 확인, 새로운 인재 확보, 미개척지 탐험 등 할 일이 많고 많았는데 여기서 이러고 있다니 믿기지 않았다.

이동하면서 설명을 들은 루이릴은 강인규를 한심하다는 듯이 쳐다보았다.

"어? 나름 괜찮은데?"

루이릴의 말처럼, 훈련 센터의 건물은 크고 깔끔했다. 사기가 벌어지고 있는 곳이라고는 생각되지 않을 정도로. 그러나 수현은 심드렁했다.

"사기 치는 놈들이 나 사기 친다고 이마에 써 붙이고 다니겠냐? 들어가자."

to be continued

우지호 장편소설

빅 라이프

돈도 없고 인기도 없는 무명작가 하재건,
필사적으로 글을 써도
절망뿐인 인생에 빛은 보이지 않는데…….

어느 날,
그가 베푼 작은 선의가
누구도 믿지 못할 기적이 되어 찾아왔다!

'글을 쓰겠다고 처음 결심했던 때를
잊지 말게.'

무명작가의 인생 대반전!
지금 시작됩니다.

포텐
POTENTIAL

어떤 사물에는 그것을 오랜 기간 사용한
사람의 잠재된 능력이 고스란히 담긴다.
그리고 난 그것을 사용할 수 있다.

천재 디자이너, 죽은 이도 살리는 명의,
감성을 울리는 피아니스트, 바람기 가득한 첩보원.
그 누구라도 될 수 있다. 단, 애장품만 있다면!

달인의 눈으로 세상을 바라보는,
유쾌한 민호의 더 유쾌한 애장품 여행기!

레벨업 어게인

LEVEL UP AGAIN

잘은 모르겠지만 과거로 돌아왔다.

최단 기간, 최고 속도 레벨 업, 노블레스 등급 클리어.
생각지 못했던 행운들에 시스템상 주어지는 위대한 이름,
앰플러스 네임까지.

모든 게 좋았다.
사랑했던 여자도 이젠 지킬 수 있을 것 같았다.

[앰플러스 네임 '빛의 성웅'이 성립됩니다.]

그런데 뭐냐. 이 요상한 이름은……?
나 그런거 아닌데. 아 진짜. 아니라니까요.